武士道往来

ロシアに描くサムライたちの面影

鈴川正久

元就出版社

武士道往来——〔目次〕

装幀――純谷祥一

武士道往来

――ロシアに描くサムライたちの面影――

1　美はしの日本

甦れ！　武士道！

武士道といえば、まず頭に浮かぶのは新渡戸稲造氏の名著『武士道』である。彼が書いた英文の著作は、広く世界に我が国に特異な精神文化のあることを周知せしめた事実はあまりにも有名である。

私流に解釈すれば、封建的に存在した武士階級の守るべきモラルが社会的発展により封建社会が消滅し、武士階級が市民階層と変還していった今日も日本人の根源である大和魂として残されていった。それは、あたかも砂漠の地下水の如く大和民族の血潮の中に脈々と流れているものである。

私は大道寺友山著の『武道初心集』も偶然、手に入れ読んでみた。そこに見いだしたものは、彼の有名なる「葉隠」の精神である〝武士道とは死ぬことと見つけたり〟の言葉である。自衛隊の庁舎の屋上で割腹自決した三島由紀夫の『葉隠入門』も、この佐賀の武士山本常朝の死生観について詳しく述べている。

いわゆる三島美学には、なかなか我々凡人はついていけない面がある。彼の氷のような美しさを持った鋭さは、常人では理解し難いところがある。しかし、その著には随所に我々を納得させる部分もあると思う。新渡戸博士の武士道は、まさに理論的に記述され、大道寺友山の著作は、事細かく初心の武士の守るべき項目について述べられている。

私は次のように思うが、これはとりようによっては〝曳かれ者の小唄〟と笑殺されるかも知れない。我々が育った精神的支柱は教育勅語であった。軍隊に入れば〝軍人に賜った勅語〟を暗誦させられた。日本は戦いに破れた。敗戦は必然的に軍国主義、国粋精神、ひいては武士道精神を抹殺し、代わるに民主主義、合理主義、金銭万能の風潮に日本民族は浸り切ることとなった。

見るがよい。若い男は化粧品に心奪われ、女子はエルメスやルイビトン、あるいはシャネルと走り廻っている。テレビは芸能レポーターなるものが人のアラ探しに奔走し、人々はその番組に蝟集している。成人式に酒を喰らって壇上に踊りだす若者たちに、〝武士道とは死ぬことと見つけたり〟と説いても、まったく通じないであろう。しかし、心ある青年たちは、この日本の現状を決して正しいとは見ていないであろう。

美しい日本には、美しい精神文化が地下水として流れていることを想起してもらいたい。それは武士道精神であり、大和魂であると私は主張したい。カミカゼ特攻隊の関行男大尉の死を無駄死としたくはないのである。美しい国土日本を私は愛す。そしてこの国、この日本を護るために死んでいった人たちのことを忘れてはならないと思う。

靖国神社

小泉首相が靖国神社に参拝するたびに隣国中国、韓国その他の国から抗議の声があがる。彼らは、この戦争を引き起こしたA級戦犯がまつられていることを理由に挙げている。日本人には、昔から死者に鞭打(むちう)たない習慣がある。私はA級をのみ責めるのは当を得ていないと思う。

国破れたためにその責を負うのは当然かもしれない。しかし、彼らも国のためにその職務を果たした人たちである。東郷平八郎元帥や乃木希典(まれすけ)大将と同列に扱われるべき人物たちと思う。問題は彼らが指導した方向が他国から批難を浴びているだけである。この論拠を押し進めれば、今次の戦争観、歴史観にまで遡らねばならないが、私はその力もその意図もない。ただ他国のそしりを受けて卑屈になることは耐えられないだけである。

北鮮の拉致がいまテレビを賑わしている。昔の陸軍が存在すれば、たちまちドンパチで片づけるであろうに、と思うのは私だけであろうか？　憲法九条は立派な主張である。しかし、自国の誇りと名誉を守り得ない憲法は改正すべきである。

昔、日本には〝井戸塀〟とか〝清貧〟とかいう言葉があった。兄弟に友に朋友相信じ、夫婦相和しといった教育勅語は、消え去ったままになっている。校長先生は白い手袋をして紫の覆いの中から恭しく勅語をとり出し、厳かにのたまったものである。

これらは皆、夢である。こうした復古主義に浸ろうとは思わない。ただ日本のよりよき伝統文化は、欧米の個人主義、唯物主義、金銭尊重主義に比して尊いことを認識すべきと思う。孫たちはもう別世界にいて、暇があれば携帯電話のキーをたたいている。〝つまらないものですが……〟といったへり下りの気持ちこそ三千年の日本の精神文化の結晶であり、〝愚妻〟が謙譲の美徳の表現であることを知ってもらいたい。

かつてロンドン大学の森島教授が「やがて資本主義は共産主義に収斂されるであろう。敵が攻めてくれば白旗を掲げるべきだ」と述べた言葉を、私は決して忘れはしない。国粋主義と嗤われるかもしれないが、戦後日本はあまりにも左に傾いており、少し右に軸足を移すべき秋に来ていると想うだけである。お金ばかりが人生ではないはずである。

2　一瞬の静寂

ざわァざ、ざわァざ、ざわァざ

沖縄の海に数百の敵艦艇が並んでいるのを、さとうきびの葉陰に身を潜めた日本兵が眺めている。戦場における一瞬の静寂。彼の耳にさとうきびの葉をゆする風の音が、ざわァざ、ざわァざ、ざわァざ。

やがて米軍の艦艇から打ち込まれる弾丸か、上陸した米軍の火焔砲(かえんほう)の攻撃に斃(たお)れる兵士の運命が待ち受けている。

だが今、一瞬のやすらぎ。死の前における放心状態における自然との交流は美しくも哀しいもの。

ざわァざ、ざわァざ、ざわァざ、ざわァざ。

北鮮の枯れた丘陵の草に打ち伏し、私は仮想兵として銃を身がまえている。もちろん演習における仮想敵だから、演習終わりのラッパと共に原隊に復帰するわけだ。

ふと眼をやると、草の中に白い小さな花が咲いていた。私はその花に魅(み)せられて手を伸ばした。それは一九四一年の春四月、一期の前の演習の時の話である。私は何故(なぜ)かあのざわァざ、ざわァざの歌につけて想い出すのは、この花のことである。戦場における自然と人間の対話の一瞬のやすらぎ。それは、瞬間であるだけに美しくも哀しいのではなかろうか。

北鮮の野に伏して、私たちは歩兵砲の射撃訓練を行なった。野原には草も生えていなかった。あるのはいやな野糞の塊(かたまり)である。

しかし、今となつて懐かしいのはあの荒野である。その痩せた自然こそ、北鮮の大地であり、鉛色の空こそ北鮮の原色である。

私たちは軍靴でその大地に伏しながら、何の感慨も持ち得なかった。そこにあるべき朝鮮民族の悲しみも嘆きも感ずることもなく、砲の防盾(ぼうじゅん)を通して攻撃地点を探っていたのである。

長勇大佐

私が北鮮の咸興（かんこう）第四十三部隊に入営したのは、昭和十五年（一九四〇年）十二月であった。当時の連隊長は老齢の方だったが、その前の連隊長が、かの有名な長勇大佐であることを知ったのは入隊後間もなくであった。

彼が作詞したと言われる連隊歌が残っており、今は部分的ながら覚えているのが次の句である。

盤龍山は聳（そび）えたり
咸南（かんなん）の野に厳として
我が連隊の志気振う

彼を有名にしたのは、張鼓峰（ちょうこほう）事件のソ連軍との交渉の際に、敵側の協議の間に一寝入りした豪胆さが売物となった次第である。ある意味では、ソ連恐るるに足らずのプロパガンダに使われたのかも知れないが。

初年兵には連隊長は神様であり、一期の検閲の際に馬上の姿を遠くに拝む存在であった。

むしろ初年兵は、古年兵の軍靴を競って磨いたものであり、その当時流行した山下ケツ太郎の歌である〝泣く泣く磨く編上靴(へんじょうか)〟が、なぜか哀しい初年兵の務めとして口ずさまれていた。

長勇大佐はその後、沖縄の戦闘で参謀長として洞窟で自決したように仄聞(そくぶん)しているが、典型的な軍人だった彼の一生に何か宿命的なものを感ずるのは、彼が我が四十三部隊長だったあの感興を想起する故(ゆえ)かも知れない。

あの営庭に咲いていた桜の花弁は、なぜか内地のものより白かった。花吹雪の中で、老連隊長に経理部幹部候補生の申告を行なったのは、一九四一年五月五日の日であった。その頃の日本はまだ勢いがあった。朝鮮軍は厳として北の護りとして存在し、我が四十三部隊は、その一翼として北鮮に睨(にら)みを効(き)かせていた。

それは短い期間の光芒であった。やがてソ連の軍靴(ぐんか)に踏みにじられ、マンゼイの声に包まれ消滅していった。北鮮は今冬の厳しさの中にある。

3　北鮮の鳥

或る夜の出来事

咸興第四十三部隊は、街から少々離れた場所にあった。或る月の明るい夜、見習士官の私は、微醺（びくん）を帯びながら詩を吟じつつ帰隊していた。いささか得意であった。暗い高い塀（へい）が道の左側に連なっていたが、そこは政治犯が収容されている刑務所であった。

ふと追い越した若い娘さんから、「いい声ですね」と声をかけられた。こうしたきっかけで、二人は赴川江の川端までいつか歩き着き、土手の草むらに腰を下ろした。私は若かった。青春の血に燃ゆる時代であった。眼前に銀蛇（ぎんだ）の川の流れがたゆたえていた。やっと自制した私たちは次の日曜日、街の〝東宝〟という映画館で会う約束して別れた。

映画は今でもはっきりと覚えているが、佐分利信と高峰三枝子の演ずる「暖流」であった。映画も終わる頃、私の隣に彼女がそっと現われた。ふくよかな娘の香りが感じられた。二人はやがて暗い灯の隈（くま）どる盤龍山公園を散策し、街の喫茶店で憩（いこ）いの一刻を持った。窓外に定平（ていへい）から演習帰りの歩兵砲が、アゴを出しながらゴロゴロと音を立てて過ぎ去るのを見て、彼女は私に問いかけた。

「隊には歩兵砲が何門ぐらいあるのですか」

私はハッとその時、彼女に胡散（うさん）くさいものを感じた。彼女とのそれまでの会話に、ところどころ若い娘が口にすべきでない質問を受けていたからである。例えば、

「部隊はいつ頃、南に出ていくのか」

「召集された将校は何名ぐらいいか」

私は一経理部見習士官で、そうした部隊の機密は知る立場にないと聞き流したが、彼女に対する疑念は深まった。私は部隊に帰り、このことを隣の兵科の見習士官に話すと何と、彼もまったく同じ経験をしている由であった。

翌夜、彼女は私には故郷は山口県の室積（むろづみ）で叔父を頼って咸興で働いていると聞いていたので、その見習士官と彼女の話した住所を訪ねてみた。そこには倉庫があるだけで、住宅ではなかった。そのうちに私も羅南（らなん）師団司令部に教育に赴くこととなり、この話も尻切れトンボとなった。まさに或る夜の出来事である。

想うに咸興の衛戍地外として、万歳橋から外は共産匪の巣として外出を禁じられていた。彼女がこうした共産主義者の手先であったかどうか今では確かめようがない問題だが、私の北鮮生活の一エピソードとして、いまだに胸中に燻り続けている。因みに北鮮の烏の羽根は白黒の斑である。

白頭御山に

軍隊生活の楽しみの中に慰安会があった。それには郷土自慢の八木節や花笠音頭の踊り、果ては虎造の浪花節、そして最後に准尉殿の白頭御山節が披露された。

白頭御山に積りし雪はヨイヤサ
溶けて流れてアリナーレの
あゝア、可愛いあの娘の化粧の水

白頭御山は朝鮮の人々にとっては名山である。我が国の富士山に匹敵する霊山である。その雪解け水は鴨緑江へ流れ行き、発電に農耕に朝鮮を潤している。したがって、これこそ朝鮮人民のものである。

ある日、私はその白頭山の麓（ふもと）に、現在北鮮のリーダーである金正日（キムジョンイル）将軍様の生誕の記念家屋があり、人々がその神聖的建物として拝んでいることを知り愕然とした。金正日は、私の知る限りハバロフスクのラーゲリーか、あるいはその近郊の隠れ家で誕生している。

かつて日本の放送で彼を幼年時に養育したロシア人たちの証言が放映され、このテレビ放映をモスコウで北鮮の大使の抗議により中止した旨の事実が流された。私はこの事実から、金正日の誕生はハバロフスクであり、白頭山麓ではないことを確信している。

私がモスコウのA・キリチェンコ氏から得た情報によっても、金日成がスターリン、あるいは毛沢東に武器あるいは軍隊を要請し、いわゆる朝鮮戦争を起こし、彼らの指示で米国と停戦した経緯は明らかである。（モスコウ国立国際関係大学A・B・トルクーノフ教授の著作）。

したがって北鮮自体は、スターリンの傀儡（かいらい）政権であると断じて差し支えない。金日成は当時共産匪の一頭目であり、朝鮮軍の必死の追求を逃れ、吉林省（きつりん）からソ連に逃げ込み、スターリンの救いにより建国した歴史を想起すべきである。

我々の網膜に浮かぶのは、ルーマニアのチャウシェスクの最後である。独裁国家はやがて潰（つぶ）れるであろう。それは歴史の必然である。そして白頭山は、朝鮮全民族の聖山として輝いて欲しい。

日本人だれ一人として、北鮮の平安を願わない者はいないであろう。私は咸興の寒空の道端で、小さな林檎(りんご)を並べてうずくまっていたオモニたちの白衣を想い出し懐かしむ者である。そして北鮮を含め朝鮮民族が一つとなり、誇りを持った民族として立ち上がる日を心より待ち受ける者である。

4　若者に告ぐ

地べたに座るなかれ

あれは確か捕虜生活二年目の早春のことだったと記憶しているが、当時地獄での収容所生活で、多くの兵士が過酷な労働と栄養失調と、さらに蔓延(まんえん)したシベリア赤痢によって、まるで蠟燭(ろうそく)の灯が風に吹き消されるように続々と死んで行き、必然的に余剰(よじょう)の将校が生ずることとなった。

これを見逃すほど当時のソ連政府は甘くはない。我々は必要な指導者の将校を残し、他方に移されることになった。それは早春とはいえ、まだ寒い日の朝であった。山から降り、駅にて待機した将校の一団に対し、移送列車はなかなかやって来なかった。護衛のチャサボイ（歩哨）に聞いても、ヤー・ニズーナュとの回答以外には要領を得ないのはこの国の常套（じょうとう）で、我々も馴らされてはいた。

我々も地べたに腰を下ろし、いつ来るとも分からない列車を待つことにした。捕虜の鉄則は、余分な力を蓄（たくわ）えておくことにある。一人、二人と地べたに寝ころがる者が出てき、やがて全員が防寒衣（シューバー）にくるまり寝姿となった。

停車場の土間は汚く、唾か痰（たん）がまき散らされていた。その地面に寝るのは、まさに乞食の姿であった。私たちは捕虜の屈辱を感じながらも、これに耐えて身体を休めていた。

今、駅でよく地べたに座った一群の若者を見る。若い男女が声高く嬌声（きょうせい）をあげている。付近には煙草の吸い殻で一杯だ。私は心の中で叫ぶ。若者よ、君たちは乞食ではないのだ。どうぞ立ち上がって、群れるならベンチに腰をかけて話し合うべきだ。

ついでに云うが、こうして自由に語れる今の幸福を、君たちは考えているだろうか？誰か聞き耳を立てている気配を感ずることなく、自由にだべる幸せを、君たちは考えることが出来るだろうか。そこには沈黙の貝殻の苦しさはない。また砂にもぐる要もないのだ。

若者たちに云いたい。こうした想いに苦しんだ時代が日本にもあったことを。そして今も、こうした国が世界にあることを。若人よ自由に語るがよい。でも群れて地べたに座ることだけはやめて欲しい。

股を拡げるな

時折り阪急電車に乗ると、学生が三、四人で座席を占め、何やら大声で話し合っている。夢中で携帯電話のボードをたたいている。まことに傍若無人の振舞であるが、同じ車輌の大人たちは皆、苦々しく想いながら顔を背（そむ）けている。私も一言注意したいが、彼らの暴力が恐ろしくて口を噤（つぐ）んでしまう。私が出来るのは、せめて紙上での注意のみである。

若者よ！　座席に座る時は、せめて股（また）をちぢめて欲しい。一人で二人分の席を占めるのは、股を拡（ひろ）げて座るが故である。大体、外股は無頼の徒のなす態度である。他人に対して謙虚であるのは、武士道の第一条件である。つつましくへりくだるのは、卑屈でも卑下でもない。美しい人間性の流露（りゅうろ）である。

老齢で宿病を持った私にとって、僅かの間でも座席に座ることは望ましい。時折り私に座席を譲ってくれる人がある。私はその人が降車する前に、もう一度お礼を云うことにしている。そうすることにより、何かすがすがしいものを感ずるのである。

ロシアの地下鉄に乗った時、一人の青年が私に席を譲ってくれた。そのことは小さい出来事かも知れないが、私はひどく感銘を受けた。それは旧ソ連時代の話であるが、まさにその時代のソ連は共産主義の箍の中で、社会秩序はしっかりした基盤を保持しており、十数回のソ連訪問時に一回の盗難や置き引きに逢ったことはなかった。どこでも自由に行動が出来た。もちろん、昔のＫГБ（国家保安委員会）のはりめぐらせた網も見事なものであった。

　私の乏しい体験だが、二つの例をあげ得る。その一つはモスコウで或る家庭に招待される予定が急遽、宿泊のホテルで会うことになった。招待したいが家を修理しているのでとの言訳であったが、後で聞いたところでは、日本人との交流があった時にＫГБの追求を恐れての配慮と分かった。もう一つはモスコウ郊外のヒミキ市に招待され家で夕食を共にしたのだが、その翌日、やはりＫГБの審問があった由である。

　少し本題と離れたテーマになったが、私たち老兵は消え行くのみであり、次の時代は今、大人たちの顰蹙を買っている若者たちの時代である。こうした若者たちは、大人となって果たしてあのように股を拡げて座席を占有するであろうか？　私はそうは思わない。やがて大人の社会規範にのっとった行動に返るであろう。

　ただし、その時代の社会的ルールが傍若無人を許さぬ気風が残されている場合のみである。成人式に酒を喰らって暴行を働く若者は、罰せられるべきである。私は市長の勇断を支持する者である。

5　シベリアにて

望郷の詩

シベリアには、春と夏とが一緒にやって来る。五月の太陽の下、雪解け水がチョロチョロと草むらの間をくぐって流れ出すと、収容所の向かいの民家から、若い娘カーチャが水汲みにやって来る。その白い腕がまぶしい。白樺の裏白の葉が風にそよぎ、美しい詩を奏でる時、我々捕虜の想いは、望郷の念に駆り立てられる。

　北風凍る丘の上に生命つなぎし一群の
名もなき草に晩き春めぐり来たりてはろけくも
無限の調べ告げん時、秘めし心の高なりて

望郷の詩口ずさむ

暗いケロシン（灯油）の灯かげに、いつとはなしに集まった将校連中がそれぞれ故郷への想いを述べるのだ。話題はまず喰い物の話に始まり、やがてダモイ後の生活に移ると、なにやら真剣味を帯びてくる。若い士官学校出身の見習士官が口を出し、皆が考えを披露し合った。

「我々は米軍の捕虜となり、おそらく金たまを抜かれるのではないだろうか」

「いや、そんなことはアメちゃんはやらないだろう。だが、軍国主義を払拭（ふっしょく）するために徹底した教育をやるに違いない」

「我々が受けた天皇中心の軍国主義は、彼らのいわゆる民主主義、自由主義に変えられるだろうか？　一体、忠義という日本の思想の根幹はどうなるだろうか？」

「敗戦の時、一番日本のため、為政者が心をくだいたのは天皇制の維持であった。今や天皇は、我々が考えているような軍の統率者ではないはずだ」

「私は天皇家は、日本という独楽（こま）の心棒だと考えている。国家がうまく廻るためには、心棒がずっと貫いている方がよいと思うのだが」

「それは天皇機関説だよ。いずれにしろ、将校は確固たる信念をもって国を護る精神は保持したいものだと思う」

ケロシンの灯は風に時々、揺らいでいた。あれから幾十年たった。我々将校もそれぞれ故郷に帰り、最初は連絡し合っていたものの、やがてそれぞれの生活の責任者として己れの生活に没頭していった。あの崇高な国を護る精神よりも、己れを護るに必死だった。忠義より米の飯であった。

今ではアメリカの民主主義様々である。日本よ！ どこに行ったのか？ 古き良き日本は、個人主義、利益優先の民主主義に没落したのだろうか？

共産主義について

ノバパブロフスカに移住した我々は、各棟の居住班に分散させられた。そこは元士官学校出身の将校が共産主義を信奉し、各班にいわゆるアクチーブを配置して、もっぱら共産主義の宣伝教化に努めていた。我々の班のアクチーブは、元国鉄の労働組合に勤務していた男が担当していた。彼は朝からインターナショナルの歌を唄い、暗い影を班内に投げかけていた。

私の新しい戦友は、W大学の出身の学徒出陣の男であった。彼は話好きで、「共産主義になるともう銀座のうまい寿司も喰べられない。馬鈴薯ばかり喰べさせられる」とうっかり喋ったのがアクチーブの耳に入り、さっそくつるし上げが始まった。怒号に包まれ、彼は反省して班に帰るまで、さんざん罵倒された。ここでは、黙って働き蜂に徹する以外に生きる途はなかった。

私は小さな海の貝、海底深く身を沈め、時々蓋を持ち上げて
辺りを見廻し息を吐く、音に忽ち身を縮む、砂に眼のある海の貝

人間飢えることも辛いが、口を閉ざすことも苦しいことを始めて体験した。わずか昔、戦友であったB君（東京大学経済学部卒）と組んで山の伐採に向かう時、二人は辺りに人気のないことを確認して自由に話すことが出来た。

その頃、しきりとスタハーノフ運動がもてはやされ、ノルマの自動的上昇により生産性の向上が叫ばれていた。私は経済活動は、根源においては人間個々の欲望から発生するもので、人間が神様にならぬ以外、共産主義下ではその生産性は上がらないと信じていた。ラーゲリィの共産主義教育では、やがて共産主義社会になれば人間は二、三時間、随意に働くことにより、充分な生活を享有できると説いていた。まったく夢か幻のような話である。

資本主義は、自由な市場制度の下に競争し、その生産性をあげて社会で分配すべきパイを大きくしている。そして社会での優者から、税金でその収得利益をとり上げ、弱者に分配する仕組みである。共産主義社会は、分かり易く言えば〝皆で渡れば恐くない〟社会で

ある。その労働生産性は、明らかに前者に及ばない。

フルシチョフは、米国の議会で土足の靴を机に叩きつけ、「やがてソ連は米国に追いつき追い越す」と豪語したが、七十五年目に一夜にして、赤旗の代わりに三色旗がクレムリンの塔にひるがえったのは何故であろうか。私はソ連が米国との軍拡競争に破れたのは、いわゆる現象形態であり、その本質は両制度の労働生産性の差位であると思考するものである。

6　サムライ

切腹（ハラキリ）

前述の新渡戸氏の『武士道』の中に、サムライの切腹の場面に立ち会った英国の外交官の論文を、次の通り引用している。

この事件は、神戸で惹起（じゃっき）した英国人の無礼な行動に対して発砲を命じた薩摩の警備責任者滝善三郎の処刑の場を記述している。今から考えるとまことに理不尽な処理であり、弱国日本の不平等条約の犠牲者といわざるを得ない。

『善三郎は短刀で左の腹下に深く突き刺し、ゆっくりと右へ引いた。更に今度は刀先の向きをかえてやや上に切り上げた。このすさまじい苦痛をともなう動作の間、彼は顔の表情一つ動かさなかった。そして短刀を抜き、身体を少しばかり前方に傾け首を差し出した。

介錯人が立ち上り、一瞬白刀(しろがたな)の刃が空を舞ったかと思うと、重い鈍い響きと共にどさっと倒れる音がして、首は胴体から切り離された』

開国日本では、多くの武士が殿の御為(おんため)と、こうしてハラキリの栄誉の中に尊い生命を投げ出した。いや、その昔にも主君の仇(あだ)を討った四十七士も切腹を命じられている。この無残な死を、前時代的と見做(みな)すか、あるいは日本精神の精華と見るかは、これは個人の主観に委(ゆだ)ぬべき問題であろう。しかし、今なお泉岳寺の香煙の絶ゆることのない事実を、私たちは見逃すわけにはいかない。

今、自分の腹をさすって見て、ここに短刀が刺せるか自問自答すると、私は否と答えざるを得ない。亡くなった父から、幼い時に武士の子としてたしなみを教えられた。

それは——サムライの児は馬の轡(くつわ)の音に眼をさませ——といった教えであった。

私の家は広島の浅野家の家臣で軽輩の類であったが、それでも武士の血が流れていることは自覚していた。当時の戸籍には士族、平民の分類を記していたが、私は誇らし気に士族と書いた覚えがある。私はハラキリする勇気は持ち合わせていないが、兵籍に在る時に国のために殉ずることは覚悟していた。もっとも、当時は同年輩の若者は特攻隊として飛び立っていた熱気の中での話である。

三島由紀夫は、自衛隊の壇上で見事なハラキリを演じているが、果たしてその死生観に共鳴する若人は幾人いるだろうか？　私はやせ腹をさするのみである。

ロシアのサムライ

バレンチン・ピークリといえば、ロシアでは知らぬ人はないほどの流行大衆作家である。私が彼の作品『オキニさんの三代記』を翻訳して日本でも出版を試みたのは、一九八六年のことである。

この小説は、もちろんロシア人の読者のために書かれた小説であるから、若干日本人としては異議を申し立てたい箇所があった。大体、翻訳者は原作通りに訳すべきものであることは承知していたが、やはり日本に対する誤解は解きたいと考えて、その後、リガの彼の許(もと)に二度訪問した。私の申し立てたのは、次の二点を少し訂正したいという意見であった。

その一つは、日ロ戦争のロシア兵捕虜を広島の似島(にのしま)検疫所で日本兵が暴行を加えたという点（私は似島に赴き事実を調査し、事実無限と結論を得たうえで）ともう一つは、この小説のヒロイン、オキニさんが心中を計り、岸に逃げ出すくだりに対するものであった。

彼は日本には一度も足を踏み入れたこともないのに、長崎の街の描写は少しの誤りもなく、また日本特有の心中についても充分な検討を重ねていることは、その万巻の書物に囲まれた彼の書斎に案内され、その認識を新たにしたものである。

彼は、しばらく私の申し立てを聞いたうえで答えた。

「貴方は日本のサムライだ。私もロシアのサムライだ。私は国を愛する人間でなければ相手にするに足らないと信ずる。貴方の思う通りに翻訳してもらって結構です」

私は始めて、ロシア人がサムライという言葉を口にするのを聞いた。彼らのサムライ観には、二つの側面があるように思える。すなわち好戦的な野卑で残忍な封建的な戦士といった面と他面、誠実で正義を愛し犠牲を厭わぬ、いわゆる西欧の騎士（ナイト）に通ずる資質を持った高潔な人士のイメージである。

とにかく、私はロシア人と付き合う場合、このピークリの言葉を想い出し、絶対にウソは吐かないことを決意したわけである。結局、『オキニさんの三代記』の中では、似島検閲所の部分は省略して除外し、最後のオキニさんの心中の場面では、彼女は一緒に心中したロシアの士官から逃げようとしたのではなく、苦しんで岸に帰ろうとした、と訳した。

私は心中を決意した日本女性の名誉のため、逃げることは彼女はしなかったと信じたからである。結局、このピークリの小説は、日本で始めて田原佑子さんと共訳で恒文社より出版された。ロシアのサムライ、ピークリ氏は今は亡き人であるが、その生前、彼にこの本を贈呈することが出来た。ロシアの好漢サムライのピークリ氏よ、以て瞑(めい)すべし。

ピークリとオキニさん（1988年８月、於リガ市にて）

少年水兵時代の写真片手に踊るピークリ氏

7　夢か現か

明治は遠くなりにけるかも

私の父の趣味は筑前琵琶であった。昔、明治の学生連の間ではギター代わりに琵琶を弾じたものである。キチンと正座して瞑目しながら語るのは〝平家物語〟であり、頼山陽の〝筑水を降る〟であった。父の膝にのっかりながら、その朗々たる吟詠を聞き、琵琶のバチ捌きに見入ったものである。

ああ世の中はうば玉の、夢か現か昨日まで
　盛えし人の今は、はや……

そこには明治の日本人の気魄があった。

あれから色々のことが世の移り変わりに起こった。私たちが中学校の頃、五・一五事件や二・二六事件も起こった。巷では廟行鎮の肉弾三勇士の歌が流行し、ヒットラー・ユーゲントやムッソリーニが幅をきかし、松岡全権大使の国際連盟脱退に拍手し、南京陥落の提灯行列に参加したりしていた。

今振り返れば、軍国主義に乗りながら、他国への侵略も是として受け入れた時代である。私は一兵卒として北鮮に入営したが、決して批判の眼をつぶっていたわけではない。大東亜戦争勃発、すなわち英米との戦闘状況に入れりの報は、十二月八日、経理学校の早朝の非常呼集によって知らされた。これは大変なことになった。日本は大丈夫かな？といったのが率直な感覚であった。

もちろん、日本は已むに已まれぬ立場からこの戦争に踏み切ったことは理解できたとしてもあまりに大きな賭であった。私は経済を勉ぶ者の一人として、日本の海外侵出は、やはり根底に日本経済の貧困さにあると見ている。その意味では、マルクスの社会構造観は正しいと考える。

英国がインドを手に入れ、米国がフィリッピンを制したのも、みんな自国の富強のためであり、日本の満州国建国も中国侵入も朝鮮制覇も、みんな同じ伝であると断じている。したがって、その行為は歴史の必然と見るべきが正しいのではないだろうか。失業者が出て娘の身売りに苦しむ国家が膨張政策をとらざるを得なかった歴史を、私は密かにおもんぱかる者である。
いずれにしても、明治は遠くなりにけるかも――である。まことに琵琶で弾ずる如く〃夢か現か〃である。

金一等兵の涙

咸興の第四十三部隊から羅南の二部隊に配属されたのは、昭和十六年の初めであった。私は経理部幹部候補生の座金（ざがね）を襟（えり）に付けていたので、内務班ではいじめに合った。それは、いずれ下士官、将校へと昇進して行く者に対しての兵隊の当然の措置であった。

軍隊では、パカチ（朝鮮語で食器）の数が物を云った。彼らは一つ星の二等兵から一等、上等兵と上がるのに、数年もかかっていた。目の上のコブとして私が写るのは、理の当然であった。

ある日、飯のつぎ方が不味（まず）いと古年兵が食卓をひっくり返し、食事当番の私は殴打された。その兵隊の顔も名前も、今でもはっきり想い出すことが出来る。軍隊で上靴（じょうか）と称する革のスリッパで殴られたので、口が切れ、三日間食事がとれなかった。しかし、私には彼を憎む感情は起こらなかった。報復しようとも考えなかった。そこは男の社会である。泣き言は通用しない社会である。

私は初年兵の頃、歩兵砲中隊に配属されたが、いきなり裸馬に乗せられた。騎座のしめ方も分からず、スコンスコンと落馬した。しかし、こうして手荒い訓練によって、一期検閲前には立派に乗馬する兵士へと成長して行くのであった。

私の内務班には、朝鮮出身の金という兵隊がいた。彼は実に勤勉な兵隊であった。どんな嫌な役目も、進んで引き受けた模範的な兵士であった。私は内務班で頭足交互に寝ている枕元に、上等兵である戦友がソッと饅頭(まんじゅう)を差し入れてくれるのに感謝の涙を流したものである。初年兵にとって、あの茶色の薄皮に包まれた饅頭こそ命の綱であった。

ふと気づくと、金一等兵の床から忍び泣く声が耳に入った。翌日、戦友に尋ねたところ、彼が朝鮮民族出身であることを罵倒する侮蔑(ぶべつ)の言葉で罵(のの)しられたのを知った。私は暗い気持にならざるを得なかった。彼を罵った古年兵も悪気があって言ったのではないことを知って、軍隊における異民族の統合融和がいかに難しいものか、つくづく考えさせられた一事件であった。

私はそのうち、教育のために東京の経理学校に入校することになり、羅南を後にした。金一等兵のその後については全然知る由もない。おそらく南へ転出した部隊の一員として戦死したのではなかろうか?

8　満州の夢

ここはお国を何百里

〽ここはお国を何百里　離れて遠き満州の
　赤い夕日に照らされて　友は野末の石の下

私のいた奉天鉄西地区に、明治三十八年日露戦争の激戦地跡があった。それは津の三十三連隊が全滅したといわれる箇所であり、私たちがいた時代には立派な忠霊塔が建っていた。

日露戦争の終末期、日本軍は全軍挙げてロシア軍を奉天に包囲せんと試み、ロシア兵は怒濤(どとう)の如く奉天より脱出し北方に敗走したわけであるが、その包囲の袋口に当たったのが津の三十三連隊で、たちまちその地で激戦となり、津の連隊旗は敵に奪われそうになり、これを腹に巻いて連隊旗手は戦っている。

遥か高粱畑の彼方のこの忠霊塔を訪ねたのは、確か昭和十七年春頃だったと思う。部隊の馬に乗り、この記念碑を目指して駆っていった。この忠霊塔の守りは、一人の日本人老婆に委されていた。彼女はお茶を出しながら、次の物語を語ってくれた。

「私は元大連で特志看護婦をやっていました。その或る晩、明治天皇が夢枕に立たれて、お前ご苦労だが、奉天の高粱畑の中に津の三十三連隊が全滅した場所がある。どうかそこに行って墓守りをしてもらいたい、と。

私がここに来た時は、まったく草ぼうぼうの荒地でした。やがて皆様のお陰で立派な忠霊塔が建てられ、私は一人で墓守りをしています」

まことに往事茫々である。もちろん、あの老婆はもう今世にはいないであろう。旅順の二〇三高地にも爾霊山の碑があった。満州には、多くの日本兵の血が流されている。あの歌を若者たちは知らないであろう。——みんな年寄りは知っているのに。

ここは御国を何百里……の歌は悲しい兵士の歌であり、日本の挽歌なのだ。今、津にも連隊があるなら、この聖地のことを想起して欲しいものだ。あの地には、君たちの祖先の血が流れていることを。

李ボーイの寝言

私が週番士官を務めて下番（かばん）の朝、S曹長が私のところにやって来て、昨夜の不思議な出来事について報告した。それは、部隊の独身寮の炊事のボーイ李少年が突然うなされ、日本語でしゃべり始めたとのことである。李は片言の日本語を知っているが、満人の普通の子供である。皆は始めは李の寝言と思っていたが、語る内容がだんだん戦闘状況を詳しく話し出し、しまいにはその記録をとるまでに至ったとのことであった。

因（ちな）みに李少年は、野菜畑を拡げるために前日、土饅頭（どまんじゅう）の満人の墓を掘った由であった。彼の語った内容は、次の通りである。

「私たちは斥候に出てここで戦死した（機関銃を撃つまねをする）。

私たちの霊はこの地に葬（ほうむ）られ、故郷に帰れない。どうか我々を故郷に帰して葬って欲しい」

そうした内容で、S曹長も最初は満人の墓をくずした祟（たた）りくらいと思っていたが、あまりに流暢な日本語で戦闘の詳細を語るので、あるいはと考えて報告に上がった由であった。

果たして、これは李少年の寝言として一笑に付すべきかどうか迷ったが、私はこれの調査に当たってみようと考えた。まず奉天の忠霊塔の事務所に赴き、かの地で果たして日本兵の斥候が戦死した実績があるかどうかを調べたところ、満州事変の時にそうした可能性がある旨の回答であった。

次の日曜日、奉天神社に現地のお祓いをお願いし、いよいよ李少年の指さす箇所を掘ってみた。もしその地に埋められているとすれば、軍靴の鳩目とか軍衣のボタンが残されているはずである。一メートル、二メートルと掘っても、何もそうした遺品は見つからず、僅か一片の骨が出来たが、これは人骨とはいえず、あるいは犬の骨であったかも知れない。

なぜ私がこうした霊の存在に興味を抱いたかどうかというと、これには後日談がある。私がシベリアに抑留されていた或る夜、叔母がいわゆる夢枕に立った。それは今でもはっきり覚えているが、夏の夜、蚊帳の外に立ちスッと消え、私はその夢の出来事で、叔母がその日に死んだ、別れに来たものと信じた。ダモイ（帰国）して叔母を訪ね、まだ生きていることを知って、私は裏切られた感に打たれたわけである。もっとも叔母は、その後、結核で間もなく亡くなったが。

ガダルカナルで多くの兵が死んでいったが、彼らの霊は米兵に取りつくこともなかった。生と霊の交流には不可思議がともなうものだが、私の僅かな体験からは、このことの真実は証明できないままである。

9　ホロンバイルの草原

ノモンハン事件

私がノモンハンに興味を持ったのは実に個人的な事情からであった。偶然から私の中学校時代の友人の名前を、アールビン・クックの著作の中に見出したからである。彼は陸士から旭川の連隊旗手となり、同連隊の中隊長としてノモンハン（ロシア側ではハルヒン・ゴール）事件に参加している。

さっそく、私は彼から戦闘の実相について、色々と話を聞いた。彼はフィ高地における井置隊長の早期撤退が、敵をして包囲殲滅の機を与えることとなったと、激しくその行動を糾弾していたが、私はただうなずくばかりであった。

私がロシアにおける調査を依頼したのは、Ａ・キリチェンコ氏（元ソ連科学アカデミー・東洋学国際協力部長）である。彼から送られたデーターによると、かならずしも日本軍の完敗とはいえない。参考までに両軍の損害を対比して見ると、次の通りである。

	◎アールビン・クックの資料による	◎ソ連国立戦争古文書保存所の資料による
戦闘参加者	七五、七三六	七四、〇一〇（含外蒙軍四、八六〇）
戦死者	八、六二九	八、五四〇（含外蒙軍　五六六）
戦傷者	九、〇八七	一五、九五二
合計	一七、七一六	合計二四、四九二

以上の数字は多少正確さを欠くかと思うが、その概要は把握できると思う。上述の人的損失を比較して、いかに当時のソ連側の損失が多大であり、スターリンをして日本軍の優秀さを充分に認識させたようである。それはソ連軍の総司令官Г・Ｋ・ジューコフ元帥の報告書にもはっきり記述されている。

『ハルヒン・ゴールで戦った日本軍兵士は、実によく訓練されていた。彼らは接近戦に対し軍紀を守り、義務を果たし頑強に戦った。捕虜となった下士官は降伏せず〃ハラキ

銃を抱えたモンゴル兵に監視される日本軍捕虜

旧ソ連側撮影の未公開資料入手

尼崎の元会社役員

昭和十四年、旧満州（現中国東北部）で日本軍が旧ソ連、外蒙古（モンゴル）と激しい戦闘を繰り広げたノモンハン事件から、今年で六十年。その場面をソ連側が撮影するなどした写真と映画の要約版を、兵庫県尼崎市東園田町の元会社役員、鈴川正久さん(八三)が入手した。大部分が日本未公開の貴重な資料だ。ノモンハン事件は日本が初めて経験した近代戦だったが、屈辱的な敗退のため実態は隠され、その後、軍部の横行と太平洋戦争の悲惨な結末を招いたといわれる。「日々風化していく記憶を失わないためにも日本で公開し、いま一度、ノモンハンを考えてほしい」。鈴川さんは資料の一般公開を計画。日本人に問いかける。

（27面に詳報）

墜落した日本軍の戦闘機を点検するソ連兵

月に開始予定の介護保険度では、相当数の成年後制度の利用者が出ると予され、自己決定権の尊重より介護保険を円滑に運する狙いもある。

ただ、新制度がスターしても、どんな人物が後人になるのかなど、未知の部分もある。身寄りのいお年寄りに甘い言葉で近し、遺産や財産管理はで詐欺行為に及ぶ可能性否定できない。法務省「立派なメニューがでた」と自賛するが、家庭判所による監督、不正チックのさらなる充実など運用面できめ細かな対応求められる。

（政治部　村上新太郎）

1999年１月27日付の産経新聞記事

Виды потерь				Командиры	Младшие командиры	Бойцы	Всего
Всего потерь	Количество			2554	3683	17689	23926 ☒
	%	к потерям		100	100	100	100
		к числ. л/с	Все потери	30,2	29,3	36,8	34,6
			Среднемесячные				

701 чел. [1]. Подавляющее большинство заболеваний приходилось на простудные, желудочно-кишечные и глазные [2].

Судя по анализу имеющихся данных о заболеваемости в 36 мсд, 57 сд и в в/ч 9355 за период с 1.4 по 1.10 1939 г., желудочно-кишечные и простудные заболевания составляли там в среднем 56% (19,6 и 36,4% соответственно) [3].

Необходимо отметить, что в связи с нехваткой врачей в полковых медицинских пунктах (ПМП) туда были переведены батальонные врачи, вместо которых в батальоны направили фельдшеров.

Систематизированные данные о всех видах людских потерь советских войск на Халхин-Голе приведены в таблицах 36 и 37.

☒ 7.974 —(死者)
+ 15.952 —(負傷者)
23.926 (註)(ロシア将士のみの数)

[1] Здесь показано количество больных, проходивших лечение в госпиталях военных округов. Отсутствуют данные о численности больных военнослужащих, лечившихся в войсковых медицинских учреждениях (полковых и дивизионных медпунктах).

[2] Простудные заболевания вызывались главным образом непривычными перепадами между дневной и ночной температурами — от +35° до —15°. Основной причиной желудочно-кишечных заболеваний являлась нехватка доброкачественной воды. Наконец, обилие яркого солнечного света вызывало раздражение слизистой оболочки глаз, при сильных песчаных ветрах у многих это раздражение осложнялось воспалением слизистой оболочки.

[3] ЦГАСА, ф. 32113, оп. 2, д. 386, л. 1032, 1085—1092.

における公式損失明細表

Потери личного состава советских войск за время боев на Халхин-Голе (11.5—15.9 1939 г.) [1]

Виды потерь			Командиры	Младшие командиры	Бойцы	Всего
Безвозвратные потери	Убито и умерло на этапах санитарной эвакуации	Количество	1063	1313	4455	6831
		% к потерям	41,6	35,6	25,2	28,6
	Пропало без вести, попало в плен	Количество	71	120	952	1143
		% к потерям	2,8	3,3	5,4	4,8
	Небоевые потери	Количество				
		% к потерям				
	Итого безвозвратных потерь (死者総数)	Количество	1134	1433	5407	7974
		% к потерям	44,4	38,9	30,6	33,3
		% к числ. л/с — Все потери	13,4	11,4	11,2	11,5
		% к числ. л/с — Среднемесячные				
Санитарные потери (с эвакуацией в госпиталь)	Ранено, контужено, обожжено	Количество	1335	2123	11793	15251
		% к потерям	52,3	57,7	66,7	63,7
	Заболело	Количество	85	127	489	701
		% к потерям	3,3	3,4	2,7	2,9
	Обморожено	Количество				
		% к потерям				
	Итого санитарных потерь (傷病者総数)	Количество	1420	2250	12282	15952
		% к потерям	55,6	61,1	69,4	66,7
		% к числ. л/с — Все потери	16,8	17,9	25,6	23,1
		% к числ. л/с — Среднемесячные				

[1] ЦГАСА, ф. 32113, оп. 2, д. 56, л. 71; д. 59, л. 71—76; ф. 37977, оп. 1, д. 101, л. 17, 20, 99—101; д. 104, л. 91—94; д. 589, л. 1—205.

"ソ連国立戦争古文書保管所" のロシア将兵のハルヒン・ゴール

リ"を躊躇しなかった。将校のスタッフ、特に先任や高級士官は十分養成されてなく、独創性に欠け、紋切り型に行動する傾向があった。日本陸軍の技術的水準は立ち遅れていたと思われる』

完璧を誇っていた日本陸軍に対して、この戦闘の与えたショックは大きかった。しかし、私は忠勇なるわが兵士のみならず、将校も立派に戦ったことを、あえて声を大にして申し上げたい。なお私の友人の中隊長は、その後、南へ転出して九死一生を得て帰国している。

原田少佐の死

前述キリチェンコ氏から、私の手許にノモンハン及び張鼓峰の日本軍の残した資料として次の記録を送って来た。

それは、戦死した日本兵のポケットから抜き取ったものをロシア語に翻訳した記録であり、その内訳は日記、メモ、遺言等々である。前者は二十七頁、後者は二十六頁にわたっており、全文を披露することは出来ないが、その中で一番目を索(ひ)いたのは、原田少佐の審問書と称するものである。因(ちな)みに同少佐は、各務原(かがみはら)の飛行学校の教官から急遽(きゅうきょ)、戦場に駆けつけ、直ちに戦闘に投入されている。

当時、ソ連軍の航空機、通称〝アブ〟はスピードは優っていたが、旋回力に弱く、日本空軍の前によき餌食（えじき）となったが、新装のИ－16が戦場に現われるや形勢は逆転し、制空権を奪われるにいたった。そんな時機に原田少佐は、飛行第一戦隊長として戦場に赴き、被爆し、ホロンバイル草原に不時着後、敵手に陥（おちい）ったのである（一九三九年八月二十五日、捕虜となる）。

捕虜となった少佐は、その取り調べ記録で、次の通り記述している。
(1)　まず赤軍兵士についていえば、その生活条件は日本兵より低いように思う。しかし、こうした赤軍兵士の低条件は改善されても、改悪されることはないだろう。
私の注目したのは、次の彼の大胆な記述である。
(2)　日本の現在の状況を心よからず思っているソビエトの共産主義者は、日本国民をボルシェビキィ化することに努力するかも知れない。しかし、その結果は裏目に出て反対がますます増大するに違いない。ソ連は決して日本と戦うべきではない。日本にとってはソ連と戦う必要性はない。日本はどんな場合でも、寒冷に包まれたシベリアを占領する気はない。だからソ連も、満州に脅威を与える巨大な兵力を集中するのは無駄なことである。日本もソ連も手を携（たずさ）えて、南方に進出する総体的な政治を行なうべきである。（後略）

彼がこの手記を書いたのは、今から六十五年前である。捕虜となった身で、これだけの卓見を述べた見識に、私は心から敬意を払いたい。因みに同少佐は捕虜交換後、ピストル自殺をとげているが、その胸中を想うと、おそらく無念の想いに死に切れなかったと推察する。

哀れノモンハンでは、多くの優秀なる人士を自殺に追い詰めている。数えてみても、第六十四連隊長山縣陸軍大佐以下九名の将校の名をあげることが出来る。今日の日本の繁栄は、彼らの犠牲の上に成り立っていることを正視すべきである。原田航空少佐の別の軍事審問書は、当時のソ連には貴重なる記録である。私はこれを遺族の方々に差し上げるべく探索している段階である。

今、私があえて声を大にして叫びたいのは、日本を捨てて共産主義国へ走った岡田嘉子及び長島某に対する日本社会の受け入れのあり方である。彼らを歓迎する前に、ノモンハンの〝生きた英霊〟を迎えるべきではないか？　望郷の想いを胸に、帰るに帰ることが出来なかった忠勇の兵士たちを偲ぶ時、私の胸がつまる。私の訴えは、残念ながら十年遅かった。ロシアで新聞四紙に帰国を訴えたが、反応は皆無であった。

ノモンハン事件

戦没者の叫び 遺族の元へ

炎熱・寒冷・連続砲火蒙った

尼崎の鈴川さん「日記・文書届け続ける」

太平洋戦争直前に日ソ両軍が旧満州とモンゴル国境付近で激戦を展開した「ノモンハン事件」。この紛争で戦死した日本兵が書き残した記録を入手し、手渡すために遺族を捜し求めている人がいる。自らも第二次大戦後にシベリアに抑留された体験を持つ兵庫県尼崎市東園田町四丁目、無職鈴川正久さん(八四)。これまで手に入れた計十六通の日記や文書の写しのうち、一人の遺族がこのほど確認され、横浜市の自宅まで訪ねて写しを手渡した。

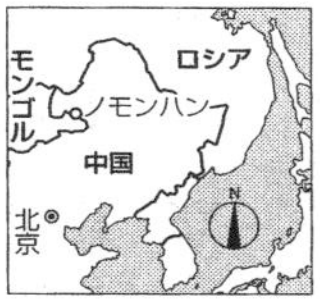

鈴川さんは戦後約三年間のシベリア抑留後に帰国。商社を定年退職した後、捕虜関係の資料収集や日ロ民間交流の推進に携わった。今春、ノモンハン事件で戦死した旧日本陸軍兵士の日記や捕虜の調書など計十六通がロシア語訳されてモスクワの古文書館に残されていると、ロシア人の知人から聞き、写しをファクスで送ってもらった。

日本語に翻訳し直し、遺族に届けようと考えた。しかし、資料には氏名や階級、部隊の一部が記されているだけで遺族がどこにいるのか見当がつかない。このため、戦友や遺族らでつくる「ノモンハン会」（事務局・東京）や防衛庁、厚生省などに問い合わせたりして捜し回った。

入手した資料の中で、「マルタ」という下士官の日記があった。一九三九年五月二十一―二十九日の戦闘状況がつづられていた。

５・25　毎日昼は炎熱。夜は寒冷。

５・28　猛烈な連続砲火を蒙（こうむ）った。おびただしい死傷者を出すに至った。砲火は物資を破壊し、人を殺傷し、歯が腸が付近に飛び散った。我々は不安の中に夜を過ごした。

５・29　砲撃が始まった。我友軍はこれを粉砕して後退せしめた。全軍から混成された部隊やタンクはついに姿を見せる事はなかった。（抜粋）

「マルタ氏の遺族という人がいる」とノモンハン会から八月中旬に連絡があった。日記の存在を知った横浜市南区の酒店経営丸田冨子さん(七三)が「陸軍騎兵軍曹だった兄では」と同会に問い合わせたのだ。鈴川氏が電話で確認し、遺族である可能性が高いことがわかった。

防衛庁が編集した「戦史叢書（そうしょ）」によると、冨子さんの実兄の丸田勇騎兵軍曹が所属していた第二十三師団捜索隊は戦場で孤立状態に陥り、日記が途切れた五月二十九日、ソ連軍の猛攻撃を受けて全滅した。

鈴川さんは九月十二日、冨子さんを訪ね、日記を手渡した。冨子さんによると、勇さんは三八年四月に召集され、中国に渡った。戦死を知ったのは、翌年六月十日付で自宅に郵送された公報。便せん一枚に「ノモンハン西方川又付近ノ戦闘ニ於テ名誉ノ戦死」とあった。

「兄はこの日記を書いた数時間後に戦死したんでしょうね。六十年たって日記が読めるなんて思ってもみなかった。私にとっては本当に貴重なものです」と話した。

鈴川さんは話す。

「やっと遺族を捜し出すことができた。六十年たっても亡くなった人のことを鮮明に記憶している。ほかの資料も遺族がわかれば届けたい。それが戦争で生き永らえた私の義務だと思っています」

丸田冨子さん（右）に日記を届けた鈴川正久さん＝横浜市南区の丸田さん宅で

ノモンハン事件　一九三九年五月から九月にかけて、旧満州とモンゴルの国境を巡り日ソ両軍が激突した紛争。ノモンハン地区は標高七〇〇㍍前後の草原を含む砂漠地帯。戦史によると、戦闘が本格化した六月以降（第二次事件）に日本兵約五万八千九百人が出動し、戦死傷者と生死不明者は約一万七千四百人。一次を含めた戦死傷者は約一万八千人と言われている。最後は撤退を余儀なくされ、九月十六日に停戦発表。昨年出版された作家半藤一利氏の「ノモンハンの夏」（文芸春秋）がベストセラーになり、話題を集めた。

一九九九年十月十八日付の朝日新聞記事

● Письмо в редакцию

О Халхин-Голе

и не только...

«Уважаемый господин редактор!

По праву друга и читателя «Морской газеты» обращаюсь с просьбой опубликовать мое письмо.

С конца мая до середины сентября 1939 года на реке Халхин-Гол велись крупномасштабные боевые действия японских войск против Монгольской Народной Республики. Советские войска, выполняя свой интернациональный долг, приняли активное участие в этом военном конфликте. Здесь, на Халхин-Голе, впервые проявилось полководческое дарование Г. К. Жукова, будущего маршала. В текущем 1999 году этому историческому событию исполнится 60 лет. Российские и японские ветераны, участники боев на Халхин-Голе, готовятся отметить эту важную в их судьбах дату.

108 дней боев! Много это или мало? Достаточно сказать, что безвозвратные потери советских войск на Халхин-Голе составили 9703 человека убитыми, умершими от ран и болезней, в том числе 2026 пропавших без вести. Общие потери японских войск — около 61 тыс. человек убитыми, ранеными, пропавшими без вести и пленными. Точные цифры двух последних категорий не указываются. Причины не очень ясны. Японский Комитет ветеранов войны на Халхин-Голе полагает, что советско-монгольскими войсками были взяты в плен более одной тысячи рядовых и офицеров Квантунской армии, судьба которых до сих пор остается загадочной. Мы знаем, что после подписания 15 сентября 1939 года соглашения между СССР, МНР и Японией о прекращении военных действий в районе Халхин-Гола, которое вступило в силу на следующий день, произошел обмен военнопленными. Среди ветеранов существует мнение, что какая-то часть военнопленных изъявила желание жить и работать в СССР. Разумеется, японцы обзавелись семьями, приняли через какое-то время подданство. Стали равноправными гражданами и поселились в разных краях и областях, в том числе и в Ленинградской области, и в Карелии.

Шли годы. Милитаристская Япония потерпела крах во 2-й мировой войне. Получила, как говорится, по заслугам. Сегодня это уже не то государство, что было в 1939 и 1941 годах, государство — демократическое, стремящееся к дружбе с Россией.

Японский Комитет ветеранов войны на Халхин-Голе обращается к официальным организациям Российской Федерации и к отдельным гражданам за информацией, что они знают о бывших японских военнопленных, просит подсказать адреса их нынешнего проживания. Японский Комитет ветеранов намерен пригласить бывших своих однополчан приехать на свою историческую родину — в Страну восходящего солнца. Все расходы по пребыванию Комитет берет на себя, чтобы ветераны могли не беспокоиться о материальном обеспечении. После официальных мероприятий по случаю 60-летия военных событий на Халхин-Голе ветеранам из России будет предоставлена возможность побывать на «малой родине» — в селе или городе — где в настоящее время проживают их родственники, с которыми ветераны не виделись шесть десятилетий.

От имени Комитета — Масахиса СУДЗУКАВА, японский общественный деятель, кавалер Российского ордена Дружбы».

Контактные телефоны в Москве: (095) 371-18-97, факс: (095)126-78-79.

別に(1) С-Т Петербург *газе-Та*-(1993～. 3 /13) (2) Рацоннасе Будцн（ウィークデイ）(1992～.3/15) (3) Сегодница Яцоттаг 誌(1999年4月号)――掲載

10　二つの謎

ケネルの墓

　松山市からＪＲ予讃線に乗ると、三十分ばかりで内子なる駅に着く。その街の高昌寺の境内に、不思議な墓がある。墓碑面には、故露国将校ケネル英霊と刻まれ、裏面には芳我吉右衛門（当時少尉）がこの墓を建立した由来が記されている。

　それは、日露戦争の一つの山場である旅順攻略にまつわるエピソードである。芳我少尉が連隊長に呈出した戦闘詳報には、次の通り述べられている。

『小官ハ命ニ依リ東鶏冠山ノ堡塁(ほうるい)ノ探索ノ為将校斥候トシテ出発シタ。折シモ月光微ニ輝ケル夜、敵堡塁（彼等ハNO.2堡塁ト称ス）ニ侵入、任務ヲ終エテ帰ラントスル時前方ノ石ニ腰ヲ下ロシタル兵ヲ見トメタ。我残置セル兵ト思イ近ヅキ「オイ」ト声ヲカケタ。彼ハ異様ナ声ヲアゲ「ウイ」ト叫ビ途端ニコレハ敵兵ト分カッタ。彼ハサーベルを抜イテ切リカカリ（ロシアノ将校ト分明シタ）小官ハピストルヲ放ッタガ不発デ二人ノ死闘ガ始マッタ』

芳我少尉は柔道の心得があった。一度は組み敷かれたが、反転して坂を転がり落ち、折よく軍刀が鞘から抜けかかったのを引き抜き、敵将の首におし当て、ついに死に至らしめた。これが同少尉の戦闘記の顚末である。彼は凱旋後、昭和十三年、初孫の誕生を機に、自分が倒した露将の霊を慰むべく菩提寺に追悼の墓を建立したわけである。

さて、このケネルとは如何なる人物であろうか？　私は平成三年に当時の大阪ロシア総領事B・アレクセーフ夫妻とこの墓を訪れた。同総領事は、こうした行為に対して感謝すると共に、ケネルはおそらくコロネル（大佐）の転用ではないかとの意見であった。

私は知人グザーノフ氏に、このケネルが何者かの探索を依頼した。手掛かりになるのは、一九〇四年十月三十一日（旧暦十八日）とNO.2堡塁における露軍将校戦死者のみであった。

グザーノフ氏の努力が実って、やっとその将校にたどりついた。私自身も一九九三年六月、サンクト・ペテルブルグの国立海軍古書保管所を訪ね、該将校が狙撃連隊より関東海兵団に転属し、旅順防衛軍に参加しているM・アハナァーシェフ中尉であることを確認し

正装の芳我陸軍中尉

露将ケネルの墓（内子町高昌寺）

アハナァーシェフ中尉と従率

歩兵第二十二聯隊

明治三十七年十月三十日夜歩兵少尉芳我吉右衛門ノ率ユル北砲

塁咽喉部偵察隊戦闘情況

明治三十七年十月二十六日ヨリ十一月二日ニ亘ル第二回旅順総攻撃ニ於テ我軍連日猛烈ナル砲撃ヲナセル後當聯隊ハ十月三十日午後一時東鶏冠山北砲台ニ向ヒ突撃ヲナセシモ不幸尠ナカラサル損害ヲ受ケ效ヲ奏セズ其翌三十一日ノ突撃モ亦前日ニ同シク不結果ニ終リ遂ニ我軍ハ其夜突撃陣地（第七陣地）ヲ堀擴張スルニ決シ歩兵、工兵ハ極力其工事ニ従事セリ小官ハ時ニ第五陣地ニ在リテ聯隊ノ豫備ニアリシカ中隊長吉田寅藏殿ヨリ左ノ要旨ノ命令ヲ受ケタリ

貴官ハ明朝部下小隊ヲ率ヒ北砲台ニ突撃スヘシ。

然ルニ此時我歩工兵ハ危險ヲ冒シ奮勵工事ニ従事セシモ敵ハ爆裂彈ヲ投下シ或ハ小銃ヲ亂射シ我工事ヲ防害シ之ガ爲メ工事困難ニシテ進捗セズ或ハ本夜之レヲ完成スル能ハザル状況ニアリ歩兵少佐水野辰次郎殿及ビ當時第一大隊長少佐稲池守太郎殿ヨリ再ビ左ノ要旨ノ命令ヲ受ケタリ。

芳我少尉の戦闘状況報告書

た。

これで一件落着と考えていたところ、同年に来日したグザーノフ氏は、M・アハナァーシェフの勤務表をモスコウ国立戦争古文書保管所で発見し、その証明書を持参した。

これによると、アハナァーシェフ中尉はその後、部下の庇護により入院し、日本軍の捕虜となり、無事生還している。芳我氏の孫によると、祖父は軍刀を敵将校の喉元に当て、自分の手も切った由である。いずれにしろ、この問題はそっとしてほしいとの依頼であった。

歴史は事実を語らねばならない。果たして芳我少尉が斃したと考えたのは、アハナァーシェフ中尉だったのか？　またアハナァーシェフ中尉は生存していたのか？　私にとっては今でも釈然としないものが残ったままである。

マリーヤの秘密

平成十三年三月、私の許にモスコウの友人グザーノフ氏から一通の手紙が届いた。それは、アナトーリィ・テレモフスキーなる人物から、自分の義兄弟を探して欲しいとの要請であった。すなわち『安達久』なる軍人の存在及びその遺族の方々の消息を知りたいとのことであった。

もう少し詳しく述べると、この日本の軍人『安達久』は一九三五年から一年間、当時のレニングラード（現在サンクト・ペテルブルグ）に滞在し、ロシア婦人のマリーヤと親しくなり、しまいに子供まで出来たが、彼は日本に帰国してしまい、マリーヤはその混血児を育て、一九九二年にモスコウで亡くなった。

その子供のアナトーリィは（十六歳までタローと名称っていたが）、現在ペトロザボーツク市に在住し、同大学で医学を教えているが、日本にいる自分の義兄弟を探求し、交流したいとの希望をグザーノフ氏に依頼したわけである。

話はもう少し溯って、なぜ当時日本の敵国であったソ連に、日本の軍人がやって来たのか？　これは、一九二七年に在モスコウ日本駐在武官三木大佐の提唱による日ソ将校交換をソ連政府が承認し、僅か短期間であるが実現した両国の融和政策の賜物であった。その後まもなく惹起する張鼓峰、ノモンハンの戦闘を考えれば、まことに束の間の珍しい制度であったといえよう。

私はさっそく、東京の偕行社に連絡、やがて安達久少佐の存在を知り、ご遺族として六人の方々が東京近郊に居住されていることも知り得た。

その間、色々の経緯はあったが、平成十三年四月、上記アナトーリィとグザーノフ氏は、東京にやって来て、彼の義兄弟である六人の方々と面接を計ることとなった。

もちろん、安達少佐はすでに死亡されていた。その墓は鎌倉にあり、安達家の皆様と共にアナトーリィ（太郎）氏も墓参を果たした。安達少佐は陸士、陸大出身の立派な職業軍人であり、ソ連派遣も任務としてはソ連の国情調査であるが、おそらく軍事スパイとして情報を本国参謀本部に送っていたと思われる。

一方、彼の案内役としてマリーヤは、インツーリストから派遣されているが、彼を通じて日本の情報を流していたようである。彼女は英、仏語も操れる才女であった。私が不思議に思うのは、当時日本に関係したソ連人は軒並み銃殺されたのに、なぜマリーヤとアナトーリィはその難を免れたのか？

グザーノフ氏は、かつてスターリンが流刑に処せられた時代、マリーヤの母親（貴族出身）が彼をかくまったので、マリーヤには手を出さなかったと推測するが、果たしてそうであったのか？　アナトーリィは、何もそのことについては知らないし、今さらそれを探索する術も私にはないのだが……。いずれにしろ、まことに不可思議な事実であり、解き難い謎である。当時のソ連の暗部に触れる問題のように思えるが、将来だれもこの件を解明することはないだろう。

安達　三朗（航空　東京）

明25・7・12―昭52・8・29〈昭19・3・1陸軍少将〉昭19・6・19第二航空教育団長▼第二航空通信聯隊長（関東軍、航空兵団、第八飛行団）として大東亜戦争に突入。南方軍航空兵器部長を務め、第二航空教育団長（航空総軍）として三重で終戦を迎えた。［陸士26］

安達　十六（砲兵　千葉）

明16・1・18―昭39・4・6〈昭8・8・1陸軍少将〉昭8・8・1舞鶴要塞司令官、9・8・1待命、9・9・30予備役［陸士14］

安達　十九（工兵　東京）

明19・8・1―□□□〈昭13・3・1陸軍中将〉昭10・8・1科学研究所第二部長、13・3・1待命、13・3・25予備役［陸士18］

安達　久（歩兵　香川）

明32・9・26―昭49・4・23〈昭20・3・1陸軍少将〉昭20・1・12第四〇軍参謀長▼支那事変で支那派遣軍参謀として出動。大東亜戦争では第六軍高級参謀、第二方面軍作戦課長と関東軍に勤務。教育総監部第二課長を経て、終戦時は第40軍参謀長（第二総軍、第一六方面軍）として本土決戦に備え、鹿児島・伊集院付近に展開していた。［陸士33・陸大42］

安達二十三（歩兵　石川）

安達久とマリーヤ（1936年夏、黒海ガグラァにて）
（注）この写真によりロシアの安達太郎は受け入れられた

安達一家と初対面の後で（太郎氏は後列右２番目）

亡父安達久氏墓に花束を（於鎌倉）

11　遠き足音

ゴシケヴィチの足跡

私がロシアに傾倒していったのは、このゴシケヴィチの影響である。そもそも彼は村の司祭の家に生まれ、後に外交官として函館の初代ロシア領事として赴任した異色の人物である。

当時ロシアの外交官といえば家系を重んじ、貴族以外の起用はまったく閉ざされていたのにもかかわらずである。それより私が彼に注目したのは、十三ヵ国語を熟し、天文、建築、養蚕、白粉まで知識を拡げた、いわゆるマルチタレントの持ち主であった点である。

明治開花以前の尊王攘夷の時代にあって、彼の足跡はかの有名なプチャーチン提督の陰にかくされ、ややもすれば忘れ去られがちであるが、彼こそ歴史の表舞台に登場しても、決してヒケをとる人物ではないと私は確信している。

とにかく、彼の人物像を知りたくその伝記を尋ねたが、僅かにあったのは、同氏の伝記としてB・グザーノフ氏著の『白ロシアからのオデッセイ』だけであった。私は自家出版として三百部を世に出したのも、彼に対する尊敬の念からである。

一九八五年夏、モスコウから前述の著作の出版記念を兼ねグザーノフ氏を招請し、函館市で〝ゴシケヴィチを偲ぶ会〟を持った。これは、まったく市民のボランティアの会合で、色々の人たちがこもごも壇上に上がり、想い出を語ってくれた。幼き時代ゴシケヴィチに可愛がられた平塚さん（日ロ漁業元社長）の老婆、ロシア病院に促されて病院を設立したという深瀬病院長、写真術の開祖について語った桑島氏等々、話は尽きなかった。

一九八六年夏、五名のグループと共にゴシケヴィチの故郷である白ロシアのミンスク市を訪れ、同市のテレビで、なぜ日本人がこの地を訪れたかについて語った。日本人は、決して恩を忘れる民族ではないことを知ってもらいたいと考えたからである。

ビリニュースでは、ゴシケヴィチ家の墓前でパニヒダ（追悼）を行ない、村民の方々と共に祈りを捧げた。彼は七年間、初代ロシア領事として函館より黎明日本に、北の窓口から数々の先進国の文化をもたらしたことを想起しながら。

私たちは函館の帰路、富士市を訪問した。そこには、コンクリートで造られたプチャー

ゴシケビィチ胸像贈呈式（於函館市）

プチャーチン提督と日本漁夫（富士市吉見公園）

B・ボイスマン大佐胸像（松山ロシア人墓地B・ムハチョーク作）

チン提督の銅像があったが、これを見て彫刻家O・コモフ氏は、自分で正式なプチャーチンの銅像を造りたいと申し出た。当時の富士市の市長は社会党系の渡辺氏であったが、同氏の希望で、〝プチャーチン提督と日本漁夫〟の群像と決定した。

こうした機縁により、無償で群像が建立され、引き続いて松山でのB・ボイスマン大佐の胸像の建立にまで発展していった。これらはいずれもB・グザーノフ氏の陰の支援なしでは実現し得なかったものである。同氏の日露交流の尽力を多としなければならない。

ナ・ロード（人民の中に）

ロシアのデカブリストたちの聖書といわれたのはA・ラディシェフの一冊の本『ペテルブルグからモスコウへの旅』であった。それは、彼が旅をした間に眼にした民衆、特に農奴たちの悲惨な姿をありのまま記述した著作であり、専制国家であるロシアの王朝であるロマノフ家に対しての鋭い批判でもあった。

彼の思想は、フランスのルソーの説く啓蒙思想よりも分かり易く、むしろ日本の福沢諭吉の考えに似ている。

『天は人の上に人を造らず人の下に人を造らず』

彼の言によると、次の通りである。

『人は人間が総て(すべ)の点で他の人間と同じようにこの地に生まれて来る。総て(すべ)の人間が同じような手肢を持っている。総ての人間が理性と意志を持っている。

もしそれを束縛したら、それは野蛮な習慣に過ぎない。消滅せよ、束縛、虎の権力よ、覆れ(くつがえれ)！　恐れよ、残忍なる地主よ、おまえの農民一人一人の額に、おまえの罪の宣告をおれは見る』

私はレニングラードに赴き、青銅の騎士の前に立ち、若きロシアの貴族たちがナ・ロード（民衆の中）を合言葉に、ロマノフ王朝の打倒に立ち上がった姿を想い浮かべる。彼方にはペトロパブロフカの尖頭が輝き、ネバ川は囁く(ささやく)如く岸に波打っている。彼が生きていた時代には残念ながら人権はなかった。

彼の著作もエカテリーナ女帝の逆鱗(げきりん)に触れ禁書となり、彼は捕らえられてシベリアへと流刑されている。彼は足枷(あしかせ)をはめられ、彼が書いた著作の通りにペテルブルグからモスコウに送られ、最終流刑地であるアンガラ河流下のイリムスクにと送られたのである。彼は道中で、次の通りの詩を読んでいる。

汝、知るを欲するや、余が誰であり何処に行こうとするのか？

余はこれまでの過去に於いて家畜でも草木でも奴隷でもなく

将（まさ）に人間であったし、亦（また）その生涯を終わるまでそうあり続けるであろう。

道なき所に道をひらき……余は行くイリムスクの監獄に。

彼をもっとも憎み怖れていたエカテリーナの急死により、二年の流刑生活は特赦により解放され、その才能を認められて『法典編纂委員会』のメンバーに抜擢されるが、彼の進歩的歩みはかえって失脚をもたらし、彼は失意のまま服毒自殺してその生涯を終わった。

彼の死後、ナ・ロードの理想は、レーニンのボルセヴィキーにより新しい社会として現出したが、それは独裁による専制政治であり、彼が夢見た民衆の人権が尊重される社会ではなかった。それは、ラディシェフやナ・ロードが望んだ社会とあまりにも異質の社会であった。

12 クロンシュタット

マカーロフ提督と詩人啄木

一九九三年五月三十一日、私たちは五月晴れの太陽の下に、紺碧に輝くバルト海の岸壁に立っていた。このクロンシュタットの軍港の埠頭から、プチャーチン提督もロジェストヴェンスキー中将も出帆していった。それ以外にも多くの帆艦が日本の長崎に向かって帆を昇げていった、日本ともっとも因縁のある歴史的な港である。現在この軍港は、淡路島の五色町と姉妹都市の関係にあるのも故あってのことである。

私たちを案内してくれたのは、この軍港で海軍広報関係を担当しているB・オルローフ中佐である。彼は軍人に似合わず詩才に恵まれ、日本の俳句にも通暁していた。彼が広場のマカーロフ提督の像の前で、その基底に刻まれている三行の詩は、啄木の詩であるとの見解を披露した。こうしてマカーロフ提督と詩人啄木の関係の究明が始まったのである。

少し年代を繰って見ると、

①C・O・マカーロフ、旅順にてペトロバブロフカ艦にて爆死　一九〇四・三・三一
②石川啄木〝マカーロフ提督追悼の詩〟発表（明星）　一九〇四・六・一三
③マカーロフの銅像（基盤に詩を刻む）建立　一九一三・七・二四

私は百八行にわたる啄木の長編の詩を、三節七十八字（ロシア語）の詩にまとめることが可能であろうかの疑問が当然に生じた。この疑問に対して、グザーノフ氏及び当のオルローフ中佐にも聞き質してみた。

彼らの返事は、まず文体がロシアの詩人の使用する言葉が使われていない箇所を列記し、これはロシアの詩人の詩でない点を指摘した。さらに当然、この基底に刻まれた詩の作品の署名の無きことから、これは当時、敵国であった日本の歌人の詩を訳した訳者名前を伏したと断じている。

マカーロフ提督といえば、聖将として仰ぎみられるその銅像に、なぜサインのない詩が刻まれたのか。普通なら自己顕示の意味でも、署名を残すべき晴れの舞台であるはずなのに。

今、啄木の原詩は、日本語を学ぶロシアの学生の教本に載っている由である。私が読ん

でも難解な詩を、H・Γ・なる人物が訳した旨の論評が最近載せられたが、果たしてH・Γ・とは如何なる人物か。また真実、啄木の詩の意訳であるかどうか確かめてみたいのが今の私の立場である。

それはさておき、私が感服したのは石川啄木の勇気ある行動である。当然、日露戦争まさに火ぶたを切らんとする時、敵将マカーロフ提督の死を悼むといった詩を発表するとは。私は奈木氏（富士市郷土歴史家）と共に、左記の啄木の詩の一部を、銅版に日本語とロシア語で刻し、贈呈することとした。

ああよし、さらば我が友マカーロフよ
詩人の涙あつきに、君の名の
叫びにこもる力に、願わくば
君が名、我が詩、不滅の信とも
なぐさみて、我この世にたたかはむ　　啄木

この銅版は今、クロンシュタットの海軍博物館（元ソフィア寺院）のマカーロフのコーナーに飾られている。

クロンシュタット広場にそびゆる
マカーロフ提督の銅像

啄木の詩（日本文、露文）が納められた
マカーロフのコーナー（海軍博物館内）

銅像の基底の詩（啄木の詩の意訳か？）

広瀬武夫(1)

轟く砲音、飛び来る弾丸、荒波洗うデッキの上に
闇を貫く中佐の叫び、杉野はいずくぞ、杉野はいずこ

私たちには愛唱歌であったこの歌も今、小学校では消え去っている。東京の万世橋畔南にあった二人の銅像は、金属供出によりなくなった。いずれも軍国主義抹殺の波に呑み込まれてしまった。

時代は日露戦争まで溯る。旅順港の閉塞作戦は第一回目は失敗に終わり、第二回目に広瀬少佐（戦死後、中佐に昇進）指揮の下、福井丸以下四隻の船が自沈すべく旅順港口に向かったのは、一九〇四年三月二十七日の夜半であった。

この時、広瀬の補佐を務めたのは海軍上等兵曹杉野孫七であった。敵の黄金山砲台より打ち出される弾丸の揚ぐる水柱をかいくぐり、船を港口に爆沈させ、退艦しようとした広瀬は、ふと杉野の姿が見えないのに気づき、三度も船中を探索した。ついにその姿を発見し得ず、ボートに移乗した瞬間、被爆して壮烈なる戦死を遂げている。

広瀬武夫はこうして倒れた。日露戦争では多くの戦死者が海軍でも出ている中で、なぜ彼の戦死が軍神として伝えられているのか？　おそらく戦意昂揚の意図もあったであろう。部下を愛する気風は、日本人にそぐう面もあったと思われるが、私は広瀬武夫なる人物が、武士道精神を持った誠の武人であった故と信ずる。彼の魂の純粋さ、率直さ、謙譲さは、彼と接触を持った人たちに明るい雰囲気をもたらした。

彼はロシアを愛していた。彼がその心境を友人に打ち明けた手紙に、

——露人ガ最モ懐カシキ事ト相成申候——

と書いているのも、むべなるかなである。

彼が露語留学生として一八九七年冬、入国して以来、引き続き駐在武官としてサンクト・ペテルブルグに勤務し、一九〇二年一月、帰途につくまで、実に多くのロシア人の友人、知人と知り合いとなっている。そして、その家族の人たちの好意を享受し得たのも、彼の天性である屈託のない明朗な性格によっているといえよう。

彼がもっとも親しんだ一族は、B・コヴァレフスキー少将の家族であった。少将の令嬢のアリアズナと相思相愛の仲になったことは、あまりに有名な話であった。しかし、彼には海軍武人としての帰国後の務めがあり、愛欲に溺れることはその気骨が許さなかった。愛する人との別れは、彼には辛い一刻であった。

彼女から贈られた時計の蓋には『A』の字が彫られ、それは彼女のイニシャルであると

共にAmor（愛）の意味も含んでいた。
また、彼が親しくしていたペテルセン博士の令嬢マリヤも彼の壮烈な戦死を知り、心からなる悔(くや)みの手紙を、当時の敵国日本に送っている。まことに明治の武人としての人間的価値が、異国の女性の心をとらえたものと思われる。

広瀬武夫(2)

広瀬武夫のやさしい一面は、姪との約束を守り、ロシアの切手を送った事実が物語っている。彼は大分県の竹田に生まれ、中流家庭に育ち、行き届いた躾(しつけ)はその幼年時代になされた。その性格は海軍兵学校（十五期）教育によって錬成されたが、本質的には歪(ゆが)められることはなかった。彼は両親を敬(うやま)い、兄弟仲良くといった堅実な途を歩んでいた。

広瀬武夫は、クロンシュタットで、当時ロシア海軍の聖将と目されていたマカーロフ提督と会っている。それは彼が駐在武官として一八九九年八月、視察に赴いた上村大佐一行を案内した時である。もちろん、彼はまだ大尉の職にあり、マカーロフ提督夫妻の歓迎の席では末席に列(つら)なっていたのだが。一行の中には、彼と同僚の財部、竹下大尉ら将来の日本海軍を背負って立つ逸材が加わっており、彼には楽しく気のおけない訪問であった。

マカーロフは、やがて戦の相手となる日本海軍士官のクロンシュタット訪問を許し、その要請に応え諸施設の見学を許可し、度量の広さを示している。そして一行を水交社の赤い絨毯(じゅうたん)の敷かれた食堂に招待し、シャンペンで乾杯して互いの健勝を祈念している。末席の広瀬は、美しい顎髭(あごひげ)のマカーロフをじっと注視していた。

旅順で閉塞船で戦死した広瀬、そしてその年の数日後、〝ペトロパブロフカ〟で爆死したマカーロフ、両者のこの運命を予測する者は誰もいなかった。まったく皮肉な運命である。広瀬は戦死前に——俺は旅順に乗り込んで、アレクセェフ極東総督に日露間で無駄な戦(いくさ)を止めるよう進言するつもりだ——と語った由。その成否は別として彼の真意が窺(うかが)え、まことに日本海軍は惜しい男を失ったものとの感が深い。

一九九五年八月、私はこの水交社の食堂で、クロンシュタットの副市長やバルチック艦隊の参謀長らに招待された。私たちの贈った啄木の詩の銅版が、マカーロフ提督のコーナーに飾られた謝礼の宴であった。私はその昔、広瀬武夫が招待されたこの食堂に招かれ、まことに感無量であった。この席で私にアンドロフスキ海軍旗を贈られ、皆でウオツカで乾杯した。お陰でレニングラードのホテルまで人事不省に私は眠りこけていた。

13　二つの残照

『イルテッシュ』号の金貨の行方

島根県江津市で日本海海戦（ロシア側ツシマ海戦）九十周年が一九九五年五月に開催され、私はロシア側一行の案内人としてその記念行事に参加した。そのロシア側の顔ぶれは、左記の通りである。

コマロフスキー　大阪総領事夫妻
セリワーノフ　ロシア外務省文化局上級参事官
コルチャギン　ペテルブルグ海軍博物館館長
グザーノフ　海洋歴史作家

シャムシュリン　ノブゴーロド市評論家
カツバン　ロシア正教司祭
ロシアテレビ　二名

色々の行事が催(もよお)されたが、もっとも皆の関心を牽(ひ)いたのは、『イルテッシュ』号に積載された金貨が果たして存在するかの公開討論会であった。そもそも、このロシア艦隊の運送船に金貨が積載されたといわれる由来は、ポートサイドで八千ポンドの英金貨を積み込んだという同艦のグラフ少尉の手記から始まっている。

その間、幾多の経緯が存在するが、世間の注目を集めたのは、昭和三十三年、笹川良一氏がこの金貨の引き上げに染手(せんしゅ)した事実によっている。結論として、この引き上げは失敗に終わり、この金貨は謎のままになっていたのである。

一方、私は防衛庁戦史部から、この金貨に対する海軍省の秘密文書を入手していた。驚くことにこの文書は、『イルテッシュ』号の金貨は、戦利品として海軍が押収し、国庫にすでに納入されていた事実を詳述していた。

私はこれを公開して、せっかく抱かれている金貨に対しての一種のロマンスの夢を打ちこわすことを躊躇(ちゅうちょ)した。しかし、厳しい現実こそ伝えられねばならない。歴史とは真実を正面から取り組み、虚構を排さねばならぬものである。

ツシマ海戦で沈没した『ナヒモフ提督号』にも、同じ事実が云える。その船から引き上げられたものは、単なる鉛のインゴットで、艦艇のバラスに使用されたものであり、現在もその現品は『船の科学館』に保存されている。

『イルテッシュ』号にまつわるもう一つのエピソードは、同艦で使用されていたとされる鐘のロシア側と交換の件であった。江津市の西隣の浜田市の光西寺に、その鐘は幼稚園の時鐘として使用されていた。その鐘の銘はS. M. S. ILTISとあり、これはИртышьの英語綴と速断し、一九九五年、この鐘をロシア側に返却し、代わりに新しい鐘と交換すべく五十キロの鐘を、サンクト・ペテルブルグの海洋中央博物館に持参した。

ところが、そこにおける鑑定はこれはドイツの艦船イルチィス（くさ猫）の時鐘で、青島で日本海軍が捕獲したものとの判定であった。前記のS. M. S. はSeiner Majestata Schff、すなわち〝陛下の艦船〟の意で、明らかにドイツの艦船のものである。私たちはとんだ見当違いのことをしたわけだ。歴史とは確かに冷たいものである。

コルチャーク・ゴールド

大体、昔から金塊（きんかい）の行方については多くの謎がつきものであり。この話ほど複雑曖昧な

イルテッシュ艦の沈没した和木海岸

イルテッシュ艦

イルテッシュ号乗り組み将校一同

時鐘の交換（1995年５月28日、於、江津市民センター）

Ｓ・クリモフスキー氏の説明を聴く（レニングラード海軍中央博物館にて）

ものはない。帝政ロシアが一九一七年に崩壊した時、白衛軍、赤軍が共に奪い合いしたのは、その財宝である金塊であるが、白衛軍の背後に存在した外国軍隊により、この問題は複雑な国際的な紛争へと発展していった。

そもそもコルチャークとは、如何なる人物であったのか？　彼は革命時には鳶の肩章を担う黒海艦隊司令長官であった。革命が勃発するや、英国の支援の下、西シベリア地区を中心に反ボルシェヴィキ政権を樹立し、一時はコルチャーク王国の支配者として君臨したが、やがて盛り返した赤軍に追われてトムスクへと撤退している。

この時、彼は保有した金塊六億五千百金ルーブルを、同地の国立オムスク銀行に預託している。彼らはその半分を軍需品の購入の支払いに当て、日本に対しても四万三千七百六十三・六キロ分の金塊が日本に運ばれているが、このルートについては諸説紛々として分明し難い。

大体、コルチャークの金塊が問題になりはじめたのは一九九一年頃で、当時のロシアの各新聞はこの件につき、いっせいに書き出した。中には日本の経済的繁栄はロシアの金塊によるものと断じ、その返還を求めている。

確かに日本は、一九一六年には金の保有量は四十一キロ増加したのに、一九一九年には二十六トンの不可思議な増加を示している。当時の日本政府は、横浜正金銀行（現在の東京三菱銀行）に対し、ロシアの金塊の預託金としての受け入れを指示している。当時、日本軍が支持していたアタマン・セミョーノフからの流入もあり、コルチャークの預託もこれと混合し、その経緯は複雑で錯綜している。とうてい、その糸をたぐり、解明することは私には不可能である。

特に法的には、ロシアの政権が変革されている現在に、果たして返還可能かどうかは素人には判断しかねる問題である。ただ私は在京中にロシア大使館のM書記からコルチャーク・ゴールドに関する資料に対して照会を受け、ロシア現政府がこの問題の調査に取りかかっていることを承知したが、その後の状況については、同氏がモスコウに帰国したので何も聞いていない。日本においても、この金塊について松本清張氏が取り上げている。

大要は、この金塊は機密費として当時の陸軍大臣田中義一氏により使用された点に対し、中野正剛氏は第五十一帝国議会でこれを追求している。不可思議なのは、本件を担当したとされる石田次席検事が死因不明の遺体となって刑事事件とはならなかった点、及び金塊が保存されていた宇都宮十四師団に、黒い陰が今も噂として残っている点である。

しかし、いずれも私には興味のない問題であり、解明されることは将来もあるまいと考える。むしろ私の注目しているのは、コルチャークなる提督は、水路学の大家であり、順当であればロシアの聖将マカーロフ提督の後継者と目されている逸材であったことである。

その彼の最後は、イルクーツクで革命委員会により一九二〇年二月七日、銃殺刑に処せられ、その遺体は氷の穴に投げ込まれ、アンガラ川から北洋に流れていった。好漢惜しむべき、ロシアのサムライの非運な最後である。世が世であれば、確かに彼はロシア海軍を背負って立つ人物であった。

コルチャーク提督

コルチャーク・ゴールド記載のロシア新聞

14　雪解け水

一枚の絵

私の家には、居間に一枚の古めかしい絵がかかっていた。それは、薄汚れた馬糞紙に黄色のクレオンで描かれた帆船の絵である。おそらく広島湾の沖合の似島検閲所の捕虜兵が岩に腰を下ろし、月下過ぎ行く帆船の輝ける水脈を描いた絵であった。その捕虜は、ロシア兵かドイツ兵かは定かではなかった。それから二十年たって、私はシベリアの夏草に寝転んでこの絵のことを想い出した。

　月の海描きし捕虜の絵と同じ
身となり空の雲仰ぐかな

街では白髯のロシアの老人が「おいしい、おいしい、ロシアパン」と、白いレースで飾った馬車を曳きながら叫び声を揚げていた。おそらく革命で追われた白系露人で、その人のよさそうな赤ら顔は、何か品格が窺えた。しかし、あの口上も爺さんの姿も、いつのまにか街から消えてしまった。あのカタカタという悲しい音をたてていた馬車は、幼き日の走馬灯だったのだろうか？

昔は家々に写真画報なるものがあった。今のフォトグラフと異なり、立派に装幀されていた。もちろん写真は白黒だが、その生々しい迫力は、子供の胸に迫るものがあった。私がいまだに覚えているのは、いわゆる尼港事件の写真である。それは、壁に爪でもって刻み込まれた時計の絵に、『大正何年何月何日を忘れるな』と印されていた。

確かその当時、尼港で日本領事館の石田虎松副領事と憶えているが、領事館に立てこもった日本人全員が虐殺された事件であった。シベリア出兵の日本軍の使命は、パルチザンの掃討にあった。いかなる理由があるにせよ、無抵抗の民間人を殺戮するとは、それも普通の殺し方ではない。男も女も陰部をえぐり、嗜虐の玩弄物とした残虐無道さは、子供心にも憤激の血を熱くしたものである。

後年、インツーリストの案内のガイド嬢から、パルチザンの英雄的戦闘行為につき賛辞を長々と聞かされたが、私にはあの一枚の時計の写真が深く刻まれており、率直に説明を受け入れ難かった。

この尼港事件は、すでに人々の忘却の彼方にと消えているかと思うが、私は本件の真相を知るにいたり、皮相な観察の背後の複雑な事情を考えねばならぬと思った。

その真相とは、事件の前夜、すなわち一九二〇年三月十一日夕刻、パルチザン本部で宴会が持たれ、日本側から尼港守備隊長石川少佐、石田副領事も出席し、パルチザン幹部と懇親を計っている。そしてその夜、午後一時三十分に寝静まった赤軍本部を包囲して全滅させている。

これはまさに闇討ち的戦闘である。そしてその復讐として、尼港事件へと発展していったのである。どちらが悪いとは考えられない問題である。これは戦闘であり戦争である。人間、理性を失った時には、互いに野獣となり得るものといえるかも知れない。

スターリン・ホイニヤ

捕虜生活も二年目となると若干余裕も出て来て、収容所から自由に外出することが出来たが、何しろ山の中である。私は収容所の裏山に登り、ぼんやりヤブロノバヤの山脈を眺めていた。その山なみを縫うようにシベリア鉄道が一筋に延びていて、その先はハバロフスク、そしてナホトカへとつながっていた。

ああダモイはいつか、こうした想いに駆られた時、隣りにロシア人が座り込んで話しかけて来た。その男は革のジャンパーを着込んで、革の長靴の姿から、近くのコルホーズか工場のナチャリニック（職長）風と受け取られた。彼は屈託のない口調で、色々話しかけて来る。

最初はもちろん日本の話、喰い物の質問が主であったが、どうやら彼の趣旨は、共産主義の宣伝にあることが分かって来た。その頃、民衆運動の政治教育が収容所内で燃え上がり始めた時期であり、さてはアクチーブの一端かと身構えしたが、どうもそうでもなく、単に話し相手が欲しかったようである。

「見ろよ、共産主義だから、誰に文句を言われるでもなく、鉄道は真っすぐに敷けるのだ。資本主義ではそうはいかないだろう。何しろ土地は個人のものだからなァ」

さらに言葉をついで語った。

「今、世界で共産主義国家はどんどん増えている。お前も共産主義を勉強してダモイするんだな。ダモイの頃は、日本も赤く塗りかえられているよ」

彼の発言にダモイの言葉が出て来たので、我々一番の関心事であるダモイの時期について彼に尋ねたところ、彼曰く、

「ヤ・ニズナーユ・トーリコ・スターリン　ズナーエト」（私は知らない、スターリンだけが知っている）

と。さらに私は、次の通り質問した。

「お前は共産主義を褒めるが、現に米国の労働者の生活水準は、ソ連のそれと比較にならぬほど豊かなのは何故だろうか？」

「それはお前の間違いだ。ソ連は今度の戦争で大変な損害を蒙った。人も沢山失った。したがって今、貧乏なのはやむをえない。しかし皆、貧乏なのだから誰も羨むことはない。我々を搾取するものはいない。皆が手を携えて働くから、やがてアメリカに追い付き追い越すのも近い将来だよ」

彼は国家、すなわち共産党から搾取されていることは言わなかった。私はむきになって反論した。

「ソ連はどの程度、自由があるのか。例えば職業の選択とか国内旅行とかに」

彼は簡単に、当局の許可が必要だ、と答えて私に、「ティ・クリーシ」（一服やらないか）とマホルカ（刻み煙草）を勧めてくれた。私の胸の中には、スーッと太陽と土の香りが流れ込んで来た。ああ早く故国へ帰りたい。

彼はスッと立ち上がり、ドスビダーニヤ（さよなら）と私の手を握った。その瞬間、彼は私の耳元に近づき、一言小声で『スターリン・ホイニヤ』と。私は唖然とした。ホイニ

ヤブロノバヤに慰霊塔建立（1952・7・25）

ヤとは、日本語で云えば〝睾丸なし〟、すなわち馬鹿野郎の軽蔑の言葉である。彼は真に何を語ったのだろうか？　いや何を語りたかったのだろうか？　私は今でも時々、夢を見る。それは戦友をソリに積み、丘に焼きに行く哀しい夢だ。

ラーゲリィの扉（上）と友を送る（共に佐藤忠良氏描く）

15　つわものどもの夢の跡

ディアナ号の詩

君は月と狩猟（カリ）の女神、ディアナよ砂に埋もりて百五十年
君が抱ける夢はるか　クロンシュタットの皇帝桟橋
下田襲いし地震（ヨナ）に揺れ　恨みも深し駿河湾
されど不屈のプチャーチン　結びもかたし日ロ親善条約
いでやディアナの栄光を　共に讃(たた)えむ日は来れり
日ロの未来の星となれ　永久の絆のディアナ号

私の数年間は、ディアナの問題にかかわっていた。その意を先の詩に掬みとっていただきたい。

そもそもディアナ号は、一部富士市の方々には親しみのある名前かも知れないが、一般の日本人、そしてロシア人にとっては馴染みのない船名である。まして昭和六十三年にはその探索に失敗しており、その所在も分明でない経緯もある。

今、この引き揚げで問題なのは、果たしてディアナ号を、駿河湾で見出し得るかといった点と、こうした費用をどこに求めるかという点である。前者は専門家の科学的判断を必要とし、後者は日ロ当局者のバックアップ、マスメディアの支持や国民的な後援が欲しいわけである。

私見によれば、ディアナ号はすでに水船であり、重要なる備品類は沈没前に引き揚げられ、一部は戸田造船博物館に展示されている。したがって、私はその引き揚げは莫大な費用を要するわりには歴史的意義はないのではないかと思う。

私の考えでは、ディアナ号の位置の確認と船首にある紋章の引き揚げ（もし不可能の場合は写真撮影）で充分かと思う。

現在のところ、この事業は停頓の状況であるが、二〇〇五年はディアナ号沈没及び前記の日ロ和親条約締結の百五十年の記念すべき年である。何とかして日本とロシアの共同作業の下に、この事業を成功させたいものである。私の願いはこの一点に在る。
因みにディアナ号の仕様は、下記の通りである。
一八五二年五月、アルハンゲリスク市にて建船（木造帆船）
総トン数二〇〇〇トン、全長五十二・七五メートル、幅十三・五六メートル
船倉四・二七メートル、大砲五十二門（上下）、マスト三本（二十二メートル×一、十三・八メートル×二）

ツシマ海戦

二〇〇五年は、日露の海軍が日本海にて決戦を行なった日から百年目に当たる。東郷提督の搭乗する「三笠」艦上に有名なZ旗が掲げられ、両国の運命を決する戦闘の火蓋が切って落とされた。日本としては、満州における陸軍のための補給を確保する絶対条件を担っていたし、ロシアにとっても、ぜひ勝たねばならぬ国運を賭けた一戦であった。

五月十四日（新暦二十七日）。ロシア艦隊は十ノットの速度でツシマ海峡へと向かった。まだ明けやらぬ海には霧が立ち込めていた。

プチャーチン提督

クロンシュタット皇帝桟橋

ディアナ号模型（富士市博物館所蔵）

この両艦隊の戦闘の詳細については、すでに多く語られているゆえ、ここでは記述を避けたい。私がもっとも興味を持ったのは、ロシア側でこの敗戦をどのように評価しているかである。その意味で戦いの後で、艦隊司令官ロジェストヴェンスキーを査問した記録に基づく『露日海戦史』によって、客観的に記述をしたい。

(1)　ロシア艦隊は石炭を過載して戦場に赴いたのではないか？
ロシア海軍司令部より、『艦隊はウラジオストック及びシベリア鉄道による石炭の補給に依頼すべからず』の打電により、艦隊自体が石炭を途次過載せざるを得なかった。

(2)　戦闘前に偵察艦を派遣せざりし理由は？
予の目標はウラジオストックに進入するに在り、隊形を緊縮し敵の哨戒網間を逸走することを考えていた。

(3)　その戦術に誤りなかりしや？
午後一時四十九分~五十九分間、敵艦隊回頭時に我が方の射撃術の拙劣さにより、その好機を逸した。

(4)　艦隊の指導権移譲に遺漏（いろう）なかりしや？
予は頭部に負傷を受け、指揮権をネボガトフ少将に移譲する旨命じ、その後は承知せず。

(5)　我が軍の弾薬の効果は？
敵の下瀬火薬は強力であったのに対し、我が方の弾丸は軽量に留意しすぎ、装甲を破壊し得なかった。

(6)　運送船の保護のため戦闘を消滅することなかりしや？
艦隊に付随していた病院船、運送船、工作船のため、巡洋艦を割いた。これらの艦船を見殺しには出来なかった。

軍法会議における判決は、下記の通りであった。
『ロジェストヴェンスキー中将ハ降伏当時人事不省ノ状態ニアリタル故ニソノ罪を問ウベキ限リニアラズトシテ無罪。因ミニネボガトフ及ビ降伏セル三艦長ハ何レモ死刑。（ソノ後特赦ニヨリ十年ノ禁固）』

戦いはこうして終わった。日本海に今も艦と運命を共にせるロシアの戦士たちは、その海底に白骨となり、波音に揺られつつ百年の眠りを続けている。

ロジェストヴェンスキー司令長官

負傷後、彼が収容された水雷艇（ブイヌイ号）

16 灯(ともしび)

オビ川の灯籠流し

私の故郷広島では毎年夏、元安川で灯籠(とうろう)を流して故人の霊を慰める風習がある。その当日、すなわち八月十五日には、色とりどりに張られた竹の灯籠を携(たずさ)えて墓参りに行くという懐かしい夏の風物詩があった。

その灯籠流しがロシアのオビ川で行なわれることを仄聞し、私はその主宰者であるノボシビルスク市の〝ファミリTOファミリー〟(ロシア語でセミヤーKセミエィ)のオリガ女史に手紙を出し、十五名の日本人ツアーを組み、一九九〇年夏、同行事に参加することに決めた。

そもそも、この灯籠流しの企画は、米国の医師ゼェムス・バムガウトナー博士が宮島訪問時にこの美しい幽玄な行事を知り、これを世界の平和運動に利用することを思いつき、すでに米国、カナダで実施され、ロシアでも二度目の試みである由で、私たちにはまったく驚きであった。

ノボシビルスク市の真ん中を貫流するオビ川には、我々を乗せるべく汽船〝ミハイール・カリーニン〟号が待機していた。乗船したのは総数百二十三名、その中には、我々日本人以外にドイツ人、米国人、カナダ人、アイルランド人ら二十五名が参加した国際的なイベントであった。

船は八月五日解纜（かいらん）し、十日間、約二五四〇キロの船旅へとスタートした。船中は各国のナショナルデーが設けられ、各国の参加者はそれぞれ民族衣装をまとい、歌や踊りを披露した。会話は英語とロシア語での交流である。

中でも圧巻だったのは、〝広島デー〟及び〝長崎デー〟である。我々は用意した両市長のメッセージを読み上げ、写真やパンフレットで原爆の悲惨さを訴え、『明日への伝言』というフォークソングを皆で合唱し、平和を誓い合った。

船は日が暮れると川辺に止まり、それぞれ用意した灯籠をオビ川に流した。私は日本から持参した灯籠に、次の詩を書き入れ、川に浮かべた。なお、長崎生まれの妻も、被爆者に対し次の詩を捧げた。

シベリアに残せし遺骨忘れまじ　祈りをこめつつ流す灯籠
灼熱の地獄に焼かれし人々の　求めし水に灯籠捧げむ

船は色々の村で停泊し、村人は塩と黒パンで歓迎してくれた。もっとも印象に残ったのは村落ナリム（Нарым）への訪問であった。そこは帝政時代の政治犯の流刑地で、スターリンは四十日間投獄され、その後逃亡したという部落であった。その当時は比較的拘束もゆるやかで、いわゆるデカブリストたちの集まるクラブも存在していた。

かくしてカリーニン号は、北の街ニジネバルトフスクからノボシビルスク市へと引き返して十日間の旅も終わった。私たちはこの交流が一過性に終わらないために如何にすべきか、オリガ女史と相談をした。結論は日本から野球の道具を送り、少年たちとの野球交流であった。その機縁で、ノボ市から少年野球チームを二回も日本に招待し、その後、モスコウから少年野球及びサッカーチームを日本に呼ぶことに発展していった。

私にとってノボシビルスク市は、第二の故郷となり、かって民宿でお世話になったカテゴーフ夫妻も、アコーデオンを携えて来日している。因(ちな)みに翌年はエニセイ河の灯籠流しにも参加し、アルタイへと足を伸ばしてシベリアの夏を満喫したものである。

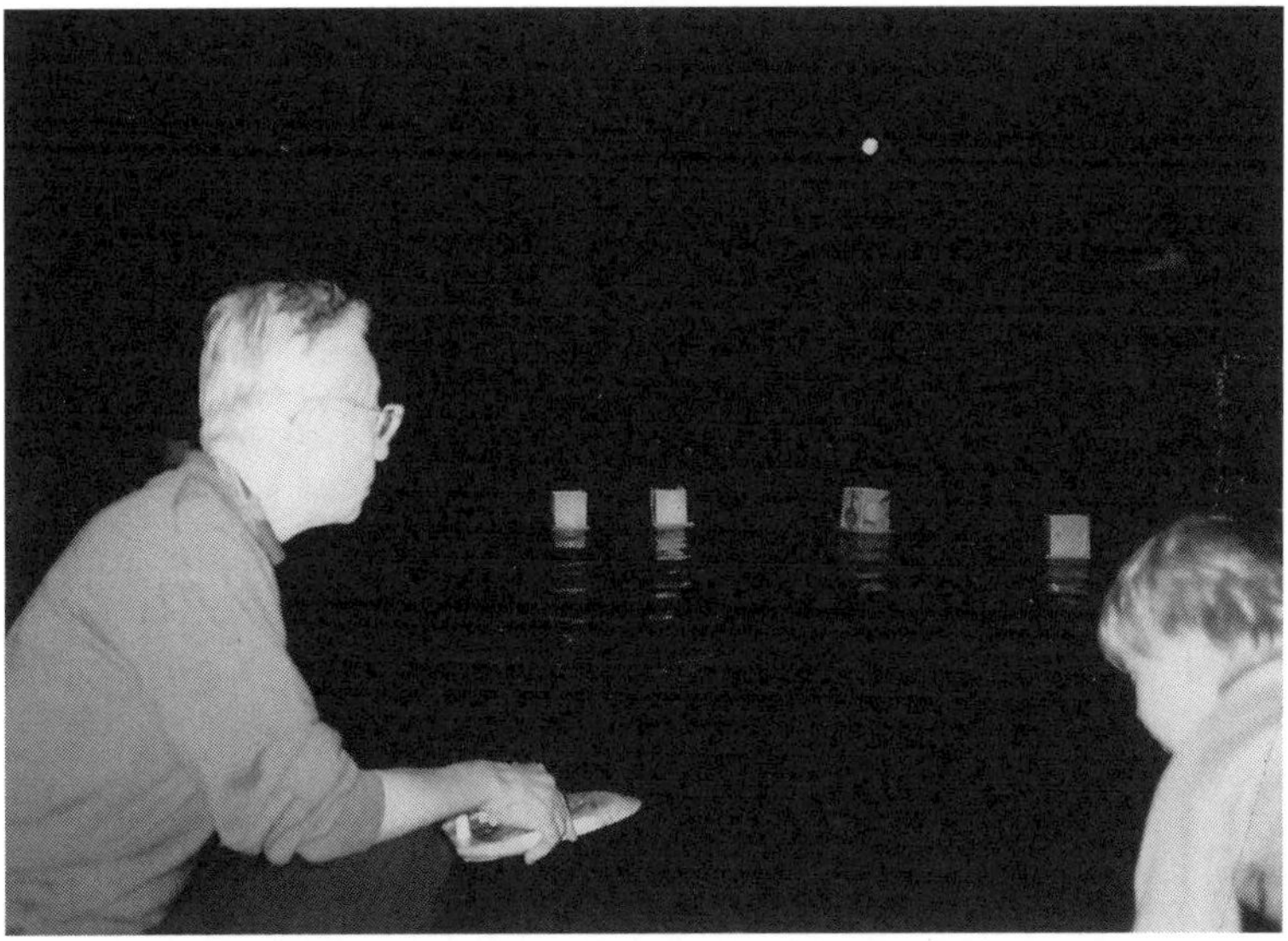

オビ川に流す灯籠

モスコウ最強少年サッカーチーム来日（1994年10月）

エレジィ・サダコ

カリーニン号のサロンから、流暢なピアノの音が流れて来た。私はその東洋風な音色にひかれ、弾き手のザリツカヤ女史に尋ねた。彼女曰く、これは広島で原爆で亡くなったササキ・サダコに捧げる曲だと。エレギィヤ（Элегия）サダコの名前を聞いて驚いた。私はその子のことをよく知らなかった。

彼女はさらにつけ加えて、これはサダコ一人のためではなく、サンクト・ペテルブルグでドイツ軍の包囲に遭い飢死したソフィヤのため、いや世界で戦争のために亡くなった子供たちの死を悼んだ曲であると。

なお、ササキ・サダコの話は、ロシアの小学校の本にも載っていることを聞かされて、私は恥じ入るばかりであった。彼女にその場で、かならず日本語でこの曲に歌詞をつけることを約束したわけである。

カリーニン号は、静かにオビ川を北に向かい流れ行き、彼女は私のためにこの曲をふたたび弾いてくれた。

日本の広島でやっと歌詞の作者を見つけたのは、それから二年後であった。その作者T氏も、原爆の被爆者の由であった。一九九四年三月、ザリツカヤ女史と愛娘アリーナちゃんは広島を訪れ、幟町中学校の生徒の方々と共に佐々木禎子の霊を祀った〝原爆の子〟の碑前で、この歌を披露した。サダコが進学すべきだった中学校の同級生の歌声は、彼女に届けとばかりに。

　サダコよ、サダコよ、鶴を折りし
　サダコよ、サダコよ、鶴を折りし
　千羽の鶴を、ひたすら、ひたすら
　生きる願い私、生きる私、鶴を。

サダコは二歳の時に被爆し、その十年後に病状が表われた。彼女は活発な女の子で、クラスでリレーの選手をつとめていた。彼女は増加する自分の白血球の数字を薬の包み紙に記録して、千羽の鶴を折れば直るものと信じていた。彼女が死ぬ前につぶやいた。

『お母ちゃん、なぜ私は死ななければならないの？』

この彼女の訴えに、世界中だれが答えることが出来ようか？　広島及び長崎の悲劇も忘れられ、風化しようとしている。おそらく日本の若者は、佐々木禎子の名前も知らなくなるであろう。ロシアでは、その名前の曲が作られているのに。

ザリツカヤ女史は、当時のレニングラード市でサマンタ児童合唱団の主宰者である。彼女は姉妹都市大阪の御堂筋パレードに合唱団を率いて、二度も同市の代表として参加している。私たち夫妻はサマンタ創立十周年記念にレニングラード市を訪問し、その記念行事に参加した。

船をネバ川に浮かべ、共にサダコの歌を唱い、灯籠流しに興じた。一日はロシアの詩聖プーシュキンが決闘に出掛ける前に訪れた〝文学喫茶〟にも案内してくれた。

私が忘れ難いのは、彼女の依頼で現在のロシア大統領プーチン氏と大阪のホテルで会ったことであった。彼は当時、サブチャック市長の許第一副市長であったが、将来大統領の地位に昇りつめるとは夢にも思わなかった。もちろん、彼はこの会見を忘れ去っているであろうが。

サンクト・ペテルブルグを立ち去る夕、一人の老婆が私を訪ねて来た。何とその方は日露海戦時、ロシア艦隊の旗艦〝スヴォーロフ〟の艦長イグナッツィウス大佐の孫娘であった。そしてそのオバアさんの孫娘イリーナちゃんは、サマンタ合唱団の一員であることを知り、機縁の不思議さに驚くばかりであった。今も同大佐の描いた水彩画帳は、私のよき記念品として机上を飾っている次第である。

イグナッィウス大佐

ネバ川にてザリツカヤ女史と

1993年（平成5年） 10月8日 （金曜日） 夕刊 讀賣新聞

「エレジー・サダコ」に詩を

ロシアの女性作曲

広島の被爆少女 千羽鶴の悲話

広島で被爆し、千羽鶴（づる）を残して亡くなった女子中学生、佐々木禎子（さだこ）さんの悲話をロシアの女性作曲家が「エレジー・サダコ」として作曲、悲しく美しい旋律に合った詩を募集するため、元シベリア抑留者の兵庫県尼崎市、鈴川正久さん（七八）が八日、広島市を訪れた。鈴川さんは「平和を願う日ロの心を一つにして、禎子さんの心を伝えたい」と話している。

禎子さんは二歳の時に被爆。昭和三十年二月、白血病にかかって入院、千羽鶴を折り続けながら同年十月、永眠した。

中学の級友らが禎子さんの霊を慰めようと募金を呼びかけ、三十三年、平和記念公園に少女が金色の折り鶴をささげ持つ「原爆の子の像」が完成した。

三年前、ロシア・サンクトペテルブルクの作曲家エフゲニヤ・ザリツカヤさん（四五）が、西宮市の「原爆被害者の会」の招きで来日した際、禎子さんの物語に感動し、一年がかりで作曲。同会の要請で通訳をしていた鈴川さんが「広く愛される歌にしたい」と詩をつけることを提案した。

鈴川さんは広島市出身。終戦時は中国にいて被爆を免れ、三年間のシベリア抑留後、尼崎市に住み、平和運動に取り組んでいる。

「エレジー・サダコ」は今年の原爆忌に、像の前でロシア人少女によってバイオリン演奏され、深い感銘を与えた。鈴川さんは「二度と悲劇を繰り返さないよう、来年の原爆忌までに完成させ、像の前で合唱できれば」と話している。

原爆の子の像の前に立つ鈴川さん

1993年10月8日付の読売新聞記事

幟町中学生とエレギィヤ・サダコを唱うアリーナちゃん

17　歴史の轍（わだち）

海の男の墓場

駆逐艦「ブイヌイ」は日本艦艇の攻撃を受け、折柄、傍（かたわ）らを過ぎ行く巡洋艦「ドミートリィ・ドンスコイ」に救助を求めた。巡洋艦の艦橋に立つレーベジェフ指揮官は、その赤毛の頬髭（ほおひげ）を風になびかせて命令を下した。

「ブイヌイ」の乗員を我が艦に移せ！　「ブイヌイ」を撃沈せよ！

味方の砲撃にも、なかなか駆逐艦は沈没しなかった。あたかも身を震わせ、僚艦との別れを惜しむかの如く。その場所は欝陵島（うつりょうとう）の南十七マイルの地点であった。その後、ウラジオストック目ざして速度を上げて航行する「ドミートリィ・ドンスコイ」を包囲したのは、瓜生艦隊である。そのマストに高く掲げられた信号は、『ネボガトフ提督ハ降伏セリ、貴艦降伏ヲ勧告ス』であった。

レーベジェフは、かわまず砲撃を命じた。孤立無援の巡洋艦に対しての攻撃は、迫り来る夕闇の中で続いた。まさに死闘である。「ドンスコイ」の左舷正面に、鬱陵島の断崖の荒涼とした輪郭が目に映った。ふたたび信号が誇らし気に掲げられた。

『ロジェストヴェンスキー提督モ捕虜トナレリ抵抗ヲ止メ降伏セヨ！』

あの威厳に満ちた司令官が捕虜になるとは。栄(はえ)あるロシアアンドロフスキ海軍旗も終わりか。

しかし、彼は日本海軍に降伏することは出来なかった。『死すとも敵に降伏せず』のロシア海軍魂がそれを許さなかった。

「砲撃を強めろ！」。これが勧告に対する彼の回答であった。

顎髭を風になびかせ、レーベジェフは、鬼神の如く艦橋に突っ立っていた。それは真の海の男の立ち姿である。そこには祖国に殉ずる一念に燃える姿があった。

「やられた！」。突然、レーベジェフが絶叫した。

彼は叫び声と共に、艦橋の鉄柵に音を立ててどっと仰向けに倒れた。彼が傷つきながら最後の命令を叫び、やがて人事不省に陥った。

「船を鬱陵島にぶち上げろ！　乗員は残らず島に上陸せよ！」

こうして五百を超える水兵たちは、生命を全うすることが出来た。ツシマ海戦では、多くのロシア水兵たちは船と運命を共にしているが、こうして救助された例は少ない。レーベジェフ大佐はその後、佐世保の病院に収容されたが、今は長崎の稲佐の墓地の一隅に静かに永久の眠りについている。

最近、海軍の後輩に当たるB・グザーノフ氏によって、このレーベジェフ大佐と同じくツシマ海戦で戦死したデヤコーノフ中尉に対する浅彫肖像写真がその墓前に捧げられた。因みに中尉は有名な探検家であり、またレーベジェフ大佐に劣らぬ立派な海の男であった。

異郷に眠る者

一九〇五年八月二十三日（新暦九月五日）、米国におけるポーツマス平和条約によって日露戦争は終わった。この戦争におけるロシア将士の日本軍の捕虜になった人数は七万二千余で、広島似島の検疫所を経て、日本の各都市に設置された二十九ヵ所の収容所に入れられている。

正確な数字をたどると、うち将校一千四百三十一名、下士卒七万五百十六名、合計七万

ロシア正教小聖堂

悟眞寺に贈られたニコライ二世の写真

レーベジェフ大佐とデヤコーノフ中尉の肖像写真

一千九百四十七名で、そのうちの死亡者は三百五十名となっている（陸軍政史第八による）。ほかに日本海海戦後、各沿岸に漂着した七十一名を加えると、四百二十一名が遠き異郷の地に眠っている次第である。私が各地の墓の数を実地で当たったところの数字は、次の通りの前記の人数と異なるが、これは海軍関係が含まれていないためと考えられる。

泉大津　　八十九墓
松　山　　九十八墓
長　崎（個人）　三十三墓
長　崎（合祀）　二百四十三墓（漂着者八十名を含む）
合　計　　四百六十三墓

戦後四年が経過してロシア側は、各地に散在する墓地が荒廃に瀕し、ほとんど消滅の危機に直面している状況を察知し、サモイロフ陸軍大佐にこれらの集約を命じ、バスクレセンスキー上級中尉と共に各地の遺骨の移送を実施している。当時ロシア正教のニコライ大主教も、その草に埋もれ、十字架は朽ち、すでに平地となりかけた墓の探索に日本の各地を巡回している。

こうして集められた遺骨は、泉大津、松山、長崎（個別の墓）を除き、日本海軍の好意によって軍艦「伊勢」にて長崎の合祀碑に埋葬された。彼はこの移葬に関し、次の如く上官に報告している。

『小官は次のことを強調する義務があると信じる。すなわち埋葬地を巡回した際に軍及び民間の方々により、多大な協力と充分な配慮が与えられたことである。総ての墓に花が供えられ、また若干の場所では軍隊、協会、住民、新聞社等から花輪が届けられ、またロシア正教の司祭も出席し、丁重なる祈禱が為されたのである』

私は想う。この日本側の暖かい処理に対し、一九四五年、関東軍の捕虜に、当時のソ連政府はいかなる待遇を与えたか？　私たちは三十年間のグロムイコのニェトに悩まされたことを忘れてはならない。彼は日本兵の捕虜三千九百五十七名、収容所は二十六ヵ所と、実に三十年間も云い続けたのである。日露戦争当時、ハーグ条約を遵守（じゅんしゅ）した日本は、正直者であり過ぎたといわざるを得ない。

正直といえば、逆に同戦争における日本将士の捕虜について言及しなくてはなるまい。この間の詳細については、すでに才神時雄氏の『メドヴェジ村収容所』に詳述されているので重複を避けたい。ただ日本の参謀本部による発表は、同収容所に約二千人の捕虜が収容され、うち二十三名死亡、六墓が確認されている。なお、ハルビンでも日本人捕虜が収容されているが、人数は不詳である、と。

松山墓地。墓名調査するグザーノフ氏と才神時雄氏（1989年５月）

松山墓地。墓前に設置された銘板（グザーノフ氏の尽力によるもの）

1998年５月、泉大津市ロシア人墓地に遺族３名が訪問

泉大津墓地。墓前に献花

18　甦れ！　武士道

ラスト・サムライ

私は今、評判の映画ラスト・サムライを見に行った。驚いたことに、入口で切符を購入する四人の女子高校生を見たことである。率直にいって、サムライがこの若者たちの対象となっていることに何かホッとしたものを感じた。あの映画の下敷きは西南戦争であり、主役のサムライこそ西郷隆盛であることを感じとることが出来た。

壮大なる戦闘のスペクタルな場面の展開は、人の眼を奪うものがあるが、私の感じたのはちょっと別の意味である。

その一つは、竹槍で英米の新鋭武器に立ち向かわねばならなかった大東亜戦争の末期である。確かに機関銃の乱射の下に弓矢で立ち向かった武士の哀しい運命こそ、日本国民が傷心したガダルカナルであり、沖縄戦であった。もう一つは、亡び行く封建社会の哀れむべき姿である。時の流れは、確かに美しき過去の夢を葬るであろう。

　私は映画を見終わって、明るい巷(ちまた)に出て考えた。果たして、あの映画の通りラスト・サムライであってもよいのか？　今、世の中を見ると、まさに目を覆いたくなるような事件の連続である。親が子供を投げ殺し、子供は親を殺す。先生は生徒を殴り、生徒は先生に喰ってかかる。こうした秩序のない社会に変貌したのは、果たして誰の罪であろうか？

　私たちには過去に教育勅語があり、徴兵制度があり、そこでは〝軍人に賜った勅語〟があり、国に殉じて死ぬことを教えられた。今の青少年の指導は、何によって立っているのだろうか？　おそらく合理主義、拝金主義以外には、精神的文化は疎外されているように思える。

　私はこうした青少年たちに叫びたい。日本古来の武士道精神に立ち返れと。西欧の物質文化に対応し得るものは、サムライの有していた精神である武士道精神以外にはないと信ずる。ラスト・サムライではない、ニュー・サムライであるべきだ。

　私はふたたび新渡戸稲造氏の『武士道』を披(ひろ)げ、三島由紀夫氏の『葉隠入門』を読んで見た。そこに見出したものは、〝武士道とは死ぬことと見つけたり〟という共通した精神である。端的にいえば、〝士は己れを知る者のために死す〟と、また〝二つ二つの場にて、早く死ぬほうが片づくばかりなり〟である。

こうした時代錯誤と思われる精神構造こそ、日本をふたたびまともな社会に立ち直らせるものではないのだろうか？　私がもし徴兵制度の再建を述べれば、たちまち軍国主義反対のシュプレヒコールに包まれるであろう。

鉄は熱いうちに鍛て！　何か新しい訓練の場が青少年の教育には必要である。それは一、二年の協同奉仕生活でもよい。その男同志の世界で、謙譲と正しい国家観を教えるべきであろう。ラスト・サムライ観映後、つくづく感じた点である。

草に祈る（シベリア賛歌）

〝太陽は草の香りがする〟――こんな詩があったっけ。シベリアの夏は駆け足でやって来るが、一足飛びに去って行く。A・チェーホフが愛したシベリアの曠野は空であり、無であるが、自然は輝いている。
私がシベリアを好むのは、その空虚さに憧れるがゆえであろうか？　かつて私は一九八七年夏、あのコーカサス地区に遊んだことがある。ドンバイから山に入りクルホルスキー峠の千古の湖の碧青（こんじょう）の神秘さを味わうことが出来たが、そこには空虚なる雰囲気はなかった。

そこはレールモントフ描く『現代の英雄』に登場する、チェルケス人の美女ベーラの世界である。荒々しい尖（とが）った山々が幾重にも重なって、六千メートル級のエリブス（Эльбус）山脈が連なり、その間に底抜けの青空が拡がっていた。

シベリアのタイガには、色とりどりの花が咲いている。その花は人に知られることもなく、自然に咲き、自然に散って行く。老象は死に場所を求め深山に分け入り、癌（がん）を患（わずら）った詩人はスイスの雪山の彼方に消えて行くとか。

人間の生は短い。永遠の中の一瞬である。永久の自然の中で泡沫と消え行くことこそ、人間の死の幸福があるのではないだろうか？　私は草に伏してシベリアの賛歌を捧げたい。私のつぶった目の裏には、太陽の蔭が残っている。

荒れ狂う吹雪　骨をも凍らすマローズ
やがて春ともなれば　雪解け水が野に溢れ
はや駆け足で夏が来る
白樺林は風にはしゃぎ
雲はそしらぬ顔で流れ行く

美しい自然、厳しい自然、それがシベリア

私は残念ながら神を信ずることの出来ない男
それは哀しいことだが致し方のないこと
ただ私が信ずるのは永遠の輪廻（りんね）

空漠たるシベリアの自然　そこにあるのは無のひろがり
叫べど喚（わめ）けど木魂（こだま）は返ってこない
その空虚さこそ自然の姿
その厳しさこそ輪廻の姿
その中にこそ我が身を委ねたい
そして草に祈りを捧げたい

▲オビ川の川畔にて妻と（1990年8月）▶コーカサス、ドンバイにて（1987年8月4日）

あとがき

私は一九一五年生まれだから、やがて八十九歳となる。当然、多くの学友、戦友も失って来た。

自然の流れとして当然、私もそうした終焉も覚悟する時期にある。

私はちょうど日本の激動期にその青春時代を過ごして来た。すなわち満州建国、ノモンハン、日支事変、三国同盟、大東亜戦争といった戦争の最中に育ち、敗戦、シベリア抑留等々、身をもって体験させられた過去を持っている。したがって、軍国主義教育の残香は抜けきれずといわれても弁解はしないつもりである。

私は美しい国日本に生まれたことを感謝したい。私は日本を愛することに誇りを持った男である。現代の日本の若者をたしなめるだけの力もないまま世を去って行くのを残念に思う。

目標のない彼らを叱正する気概があるわけではない。ただ、合理主義、拝金主義に堕した日本に、美しい精神文化のあることを想い出してもらいたいと念ずる。それは武士道精神であると信ずる。

こうした叫びも、若人には馬耳東風に過ぎないかも知れない。もし若者が頂門の一針として掬っていただければ幸いである。少なくとも私の孫たちよ！　地べたに座ったり、股を拡げることだけはやめて欲しい。人間には謙譲の美徳といった尊い宝物があるはずである。

来年は二〇〇五年、日露戦争の百年目に当たり、祖父たちが血を流した満州の赤い夕日を偲び、歴史の流れを静観したいものである。

【著者プロフィール】
鈴川正久（すずかわ・まさひさ）
1915年、広島市産まれ、神戸大学卒
1945年～48年、シベリア抑留さる
1949年～80年、西華産業㈱勤務
退職後、ロシアとの民間友好交流に従事
その間14回訪ロ、1995年、同国より〝友好章〟授与さる

武士道往来
――ロシアに描くサムライたちの面影――

2004年7月28日　第1刷発行

著　者　鈴　川　正　久
発行人　浜　　　正　史
発行所　株式会社　元就（げんしゅう）出版社
〒171-0022 東京都豊島区南池袋4-20-9
サンロードビル2F-B
TEL　03-3986-7736　FAX　03-3987-2580
振替　00120-3-31078

印刷所　中央精版印刷株式会社

※乱丁本・落丁本はお取り替えいたします。

ISBN4-86106-013-3　C0095

元就出版社の戦記・歴史図書

ロシアのサムライ
遺された者の暦
真相を訴える
ビルマ戦線ピカピカ軍医メモ
ガダルカナルの戦い
激闘ラバウル防空隊

左近　毅・訳　V・グザーノフ著　篋底に秘されていた第一級の新史料を発掘し、日本とロシアの交流の舞台裏を白日の下に晒した友情と善意の物語。半藤一利氏推薦。　定価二五〇〇円(税込)

北井利治　神坂次郎氏推薦。戦死者三五〇〇余人、特攻兵器――魚雷艇、特殊潜航艇、人間魚雷回天、震洋艇等に搭乗して〝死出の旅路〟に赴いた兵科予備学生たちの苛酷なる青春。定価一七八五円(税込)

松浦義教　保坂正康氏が激賞する感動を呼ぶ昭和史秘録。ラバウル戦犯弁護人が思いの丈をこめて吐露公開する血涙の証言。戦争とは何か。平和とは、人間とは等を問う紙碑。定価二五〇〇円(税込)

三島四郎　狼兵団〝地獄の戦場〟奮戦記。ジャワの極楽、ビルマの地獄。敵の追撃をうけながら重傷患者を抱えて転進また転進、自らも病に冒されながらも奮戦した戦場報告。定価二五〇〇円(税込)

井原裕司・訳　第一級軍事史家E・P・ホイトが内外の一次史料を渉猟駆使して地獄の戦場をめぐる日米の激突を再現する。アメリカ側から見た太平洋戦争の天王山・ガ島攻防戦。定価二一〇〇円(税込)

斎藤睦馬　「砲兵は火砲と運命をともにすべし」米軍の包囲下、籠城三年、対空戦闘に生命を賭けた高射銃砲隊の苛酷なる日々。非運に斃れた若き戦友たちを悼む感動の墓碑。定価一五七五円(税込)